Einaudi Tascabili. Stile libero
857

www.einaudi.it

ISBN 88-06-15796-5

Carlo Lucarelli

# Lupo mannaro

Einaudi

Dello stesso autore nel catalogo Einaudi

*Almost Blue*
*Il giorno del lupo*
*L'Isola dell'Angelo Caduto*
*Mistero in blu*
*Guernica*
*Un giorno dopo l'altro*

# Lupo mannaro

*Strinse la cintura cosí forte e all'improvviso che a Monica la lingua si graffiò sui denti quando un conato violento gliela spinse fuori tra le labbra socchiuse. Lei spalancò gli occhi nel buio, senza capire, perché stava dormendo rannicchiata come un feto, con la spalla e la tempia appoggiate alla pelle calda del sedile e aveva mormorato appena, nel sonno, sentendo il fruscio sottile del cuoio attorno al collo e poi il dente della fibbia che tintinnava rapido sui buchi.*

*Lui sollevò le gambe, piantandole le ginocchia nella schiena inarcata e strinse ancora, tirando il capo della cintura con tutte e due le mani. A Monica sfuggí un ringhio mentre si graffiava il mento con le unghie, cercando di infilare le dita sotto la cinghia, poi allargò le braccia a croce, annaspando per alzarsi, ma riuscí soltanto a sfiorare il poggiatesta e a piantare i polpastrelli nello specchietto della lunetta parasole abbassata. Allora gemette, piegando le labbra in fuori, roteò i polsi irrigidendo le braccia e rovesciò gli occhi, indietro, fino al bianco, mentre il primo morso le lacerava la spalla. Col piede nudo sferrò un calcio contro il cruscotto che le spezzò di netto il mignolo sinistro, ma a quel punto era già morta e non se ne accorse neppure.*

*Quando la lasciò, tirandosi indietro sul sedile per appoggiare le spalle alla portiera, sentí sui denti il sapore dolciastro e appiccicoso del sangue. Chiuse gli occhi, piegando la testa di lato, e come al solito il contatto con il finestrino umido e freddo attraverso i capelli che gli coprivano la nuca gli fece venire voglia di andarsene immediatamente, di tornare a casa. Sospirò, stanco, ma si fece forza, raggiunse la portiera con uno scatto di reni e aiutandosi con le ginocchia fece rotolare Monica fuori dalla macchina, nel fosso, appena sotto le ruote. Si aggiustò sul sedile, infilando la cintura nei passanti e si lisciò la camicia sotto i pantaloni con cura, prima di stringere la fibbia al solito buco, poi sfilò dalla tasca il fazzoletto e lentamente, sporgendosi verso il retrovisore appannato, si pulí le labbra, il mento, gli angoli della bocca.*

*Mise in moto e quando con un colpo secco girò al massimo la manopola della ventola, il soffio dell'impianto di aerazione divenne un ruggito potente.*

– Quanto tempo ho?
– Non ho detto questo...
– Hai detto che è incurabile. Quanto tempo ho?
– Dio mio... ma come fai a essere cosí? Adesso ti spiego tutto da capo...
Bonetti si tocca la punta di un dito, pollice su indice, ad angolo retto, abbandonandosi contro lo schienale della poltrona imbottita, mentre il bavero del camice gli sale fino al mento. Piega la testa di lato e un riflesso di sole gli vela di bianco le lenti degli occhiali. Io mi sfrego le palme delle mani sulle braccia perché sono in canottiera, proprio sotto il soffio dell'aria condizionata. Fa freddo, anche se è ancora estate. Farebbe freddo comunque.
– Allora, punto primo: potresti soffrire di *Insonnia familiare letale*, che è una malattia genetica del sistema nervoso, rarissima, tanto che in tutto il mondo ci sono sí e no cinquanta casi accertati.
– Cinquantuno.
Bonetti fa una smorfia e si tocca un altro dito ad angolo retto, indice su indice.
– Punto secondo: potrebbe diventare incurabile e mortale se non la si prende con la dovuta cautela. Prima una progressiva incapacità di dormire associata a scosse muscolari, pressione alta, tachi-

cardia, sudorazione, febbre... poi disturbi neurologici sempre piú gravi e alla fine il coma.

L'angoscia che mi stringe lo stomaco. Il pensiero della morte scivola lontano. Non voglio pensarci, ora.

– Quanto tempo ho?

– E dài... ascolta prima il terzo punto – indice su medio, unghia contro unghia –: ho usato il condizionale. *Potresti* soffrire di *Insonnia familiare*, come di un'altra grave nevrosi specifica di carattere psicosomatico.

– Vuoi dire che sono matto...

– Quello lo sei sempre stato... è da quando eravamo nello stesso banco al liceo che te lo dico.

Sorrido e sorride anche lui, sollevato. Sotto quel tono sbrigativo da medico pragmatico è preoccupato, Bonetti, piú preoccupato di me. Sarà perché non mi ricordo piú l'ultima volta che ho dormito, sarà che il sonno rappreso mi brucia agli angoli delle palpebre e sembra quasi che mi appanni la vista, ma all'improvviso l'idea di morire non mi turba piú di tanto. Vorrei solo sapere quanto tempo ho.

Bonetti si sporge in avanti, appoggiando i gomiti sul piano della scrivania. Il riflesso di sole che gli velava le lenti si apre come un sipario e appaiono gli occhi azzurri, sempre sgranati e un po' sporgenti. Infila il volto tra le mani, e le guance, schiacciate tra le palme, gli premono sotto le palpebre, dandogli un'aria vagamente orientale.

– Allora? – mormora. – Che si fa?

– Non lo so, – dico. – Sei tu il medico. Io di mestiere faccio il questurino.

– No, guarda... io lo so cosa si deve fare, ma chi deve decidere sei tu. Perché io ti conosco, tu parti già con l'idea che tanto sei malato e che non c'è niente da fare. Invece qui ci sarebbero da fare delle altre analisi e dovremmo anche studiare meglio la storia clinica di quella tua sorella che è morta chissà di cosa dieci anni fa. Ma soprattutto, dovresti farti ricoverare qui in ospedale...

Scuoto la testa, poco, perché è quasi mezz'ora che sto seduto a spalle curve e i muscoli del collo mi si sono intorpiditi. Ma con decisione, tanto che la cervicale mi scricchiola dolorosamente.

– Ecco, vedi... e allora? Io che faccio se non collabori? Perché non ne parli con tua moglie...

– È dal 1990 che non parlo con mia moglie....

– Già, è vero... Be', direi che è perfetto. Sei separato in casa da quattro anni e fai il dirigente alla Squadra mobile... è la condizione ideale per uno che deve assolutamente evitare ogni forma di stress. Complimenti...

Un rumore strano, sottile e insistente. Già da un pezzo ho la fronte corrugata con lo stesso fastidio con cui registro il *beep* della sveglia, alla mattina, in quei pochi minuti in cui riesco ad addormentarmi. Bonetti indica la mia giacca, appesa all'attaccapanni accanto al lettino.

– Credo che sia il tuo telefonino... – dice, – ma se ci tieni alla salute, ti prego, non rispondere adesso. Ecco, sí, ciao...

La voce frigge nel microfono, disturbata dalla batteria scarica del cellulare che mi dimentico sempre di sostituire. Riconosco le o aperte di Grazia e le sue doppie marcate, da pugliese.

– Commissario Romeo? Sono... 'sistente Negro, dottore... 'i sente?

– Sí, la sento... – Urlo: – La sento! Cosa c'è? – Urlo: – Cosa c'è?

– ...’azza morta... ’olini Monica... tossica prosti... obitorio perché quei coglio’...

Giro per la stanza col telefonino incollato all’orecchio, come se servisse a qualcosa e intanto agito una mano verso Bonetti che mi sta parlando.

– Ti scrivo una lettera per il tuo medico perché ti prescriva certe cure e un esame urgente e poi...

– ...denti sul culo e io ho pensa’... non l’avrei disturbata se... ’stituto proc...

– Negro? Grazia, non sento un cazzo... ti dò un numero da richiamare...

– E voglio che domani vai a Bologna al Maggiore a farti dare una copia della cartella clinica di tua sorella e poi...

– ...’izio... ’ata... ’uce...

– Grazia...

– E intanto ti dò una cosa per dormire e poi...

– Cristo, Bonetti, per favore!

Tace, di colpo. Mi avvicino alla finestra, con l’antenna puntata verso il cielo. Sto per aprire il vetro quando tra le scariche a singhiozzo mi giungono due parole, solo due, nitide e forti, che mi coprono la schiena di brividi.

– Lupo mannaro.

Fa un freddo cane all’obitorio. Me ne accorgo appena Grazia si tira su la zip fino al collo e infila il mento nel bavero del bomber verde oliva, le mani affondate nelle tasche. Desolata, Grazia, nonostante non abbia nessuna colpa se i due idioti della volante arrivata sul posto hanno chiamato subito l’ambulanza per far portare via il cadavere. Senza aspettare la Scientifica e senza l’autorizzazione del magistrato. Cosí, quando ho fermato la macchina davanti alla vecchia fornace, in fondo a una stradina appartata che taglia per i campi tra Modena e Pavullo, nel fosso c'erano solo il fotografo del «Carlino» e Pagliarini, della Scientifica, curvo a frugare nell'erba. Qualche indizio? Niente di niente, a parte un extracomunitario che dormiva nella fornace e un fascio di erba schiacciata dove stava il cadavere. E adesso dov'è? Il cadavere o il negro? Tutti e due. Dove è giusto che siano: uno all'Ufficio stranieri e l'altro all'obitorio.

– Spazzali Monica, anni ventuno, nata a Pavullo e residente a Modena in via non importa. Tossicodipendente e prostituta occasionale con una serie di 121 bis per uso personale e modica quantità. Batteva alla stazione.

Grazia solleva gli occhi dal taccuino su cui sta leggendo e alza anche il mento, per fissarmi, perché mi sta davanti ed è piú bassa di me.

– Come Albertini Fabiana, – aggiunge, – e Sangiorgi Francesca.

Fa davvero un freddo cane all'obitorio e sembra ancora piú freddo per la luce candida dei neon che si riflette abbagliante su tutto.

Il biancore luminoso delle piastrelle mi circonda come l'alone sfocato di un grandangolo.

Il chiarore lunare del pavimento che rintocca sotto i miei passi.

La montatura d'argento degli occhiali del dottore e il pallore cereo delle sue mani lunghe, che tiene allacciate sul camice immacolato.

E soprattutto la pelle lucida e livida di Spazzali Monica, anni ventuno, residente in via non importa, stesa su un tavolo di marmo verdastro, con un cartellino di plastica rigida legato all'alluce di un piede bianchissimo, quasi azzurro. E quel riverbero accecante e allucinato che mi fa vacillare, assieme a quell'odore acido di morte congelata che mi prende allo stomaco e lo schiaccia. Ma voglio vedere.

E vedo.

Vedo i segni bluastri dei denti sulle gambe della ragazza, i buchi violacei che le scavano la pelle in una corona stretta e profonda, perfettamente circolare. E vedo anche quelli sul sedere, tanti e scuri, quando il dottore l'afferra per un braccio per voltarla sul tavolo di marmo con uno schiocco molle e sgonfio che mi sorprende. A forza di guardare quel corpo liscio e bianco, quasi trasparente, mi ero fatto l'idea che dovesse essere rigido come una statua di marmo.

Il dottore: – Strangolamento. Tra le ventidue e le cinque di mattina. Qualche segno di colluttazione anche se l'hanno presa da dietro e poco prima di morire probabilmente dormiva. Vede la lingua?

Si avvicina al volto della ragazza, girato su un fianco, schiacciato tra il tavolo e una spalla, e sembra quasi che voglia baciarla su una guancia.

Le infila invece tra i denti un dito ossuto, velato dalla plastica opaca di un guanto chirurgico, con un gesto deciso che mi sembra cosí osceno da farmi piegare la testa verso Grazia e il suo volto sano e rotondo, abbronzato da una settimana di ferie sul Gargano. Il dottore annuisce, pensoso, poi si china ancora, inarca le narici e fa scivolare il naso adunco lungo il corpo della ragazza, come per annusarla. Con un colpo secco delle dita le spazza via i capelli dalle spalle, scoprendole la nuca.

– Chi l'ha uccisa ha stretto tanto che le ha lasciato

i segni sul collo. Ci sono gli ematomi dei buchi della cintura, vede? Guardi qua... ce n'è uno piú grosso che dovrebbe essere quello in cui di solito infila la fibbia, cosí a occhio e croce possiamo stabilire che di calzoni porta una quarantotto, come me...

Il dottore si drizza e si stringe le mani attorno ai fianchi, aspirando l'aria a scatti con un risucchio acuto. Solo dopo qualche secondo capisco che sta ridendo.

– Poi, naturalmente, ci sono i denti. Quindici morsi inferti sulle spalle, sulle cosce e sui glutei, quasi tutti a morte avvenuta e a pelle nuda.

– Come Albertini Fabiana e Sangiorgi Francesca, – ripete Grazia, poi la vedo che si irrigidisce. Il dottore si è chinato sul sedere nudo della ragazza, con la bocca socchiusa, e abbiamo tutti e due, ne sono sicuro, la netta sensazione che stia per provare i suoi denti sugli ematomi bluastri.

Invece volta la testa verso di noi, di scatto, e sorride.

– Per ora non posso dirvi di piú. Ma adesso la apro. Volete restare?

– Prima diceva solo «Roberto Baggio» e «legge Martelli»... adesso invece qualche parola di italiano l'ha imparata.

L'ispettore capo Vitali si sta rimettendo la giacca. Ha un angolo della camicia fuori dai pantaloni e si infila rapido le mani in tasca quando si accorge che lo sto fissando mentre si aggiusta l'anello che gli si è quasi sfilato dal dito. Gira attorno alla scrivania dell'Ufficio stranieri e fa finta di frugare tra le carte, tanto per darsi un contegno.

– Chi è? – chiedo, e lui si stringe nelle spalle.

– Boh? Non ha documenti e dice di chiamarsi Emir Ben qualcosa. Sarà un senegalese o un nigeriano, non so... un negro, insomma. Sta di là con Carloni. Vuole vederlo?

Voglio vederlo. Giro l'angolo del corridoio ed entro alle Denuncie, dove Carloni sta facendo dondolare le gambe nel vuoto, seduto sul bordo della scrivania. Davanti a lui c'è un nero in maglietta a righe che fuma una sigaretta tenendola in un angolo della bocca, deformata da un labbro gonfio.

Carloni fa cenno a Grazia di chiudere la porta, poi le sussurra: – Facciamo una riunione del sindacato, domani, – e indica il nero.

– L'aveva ammanettato al termosifone e se non arrivo io finisce che lo ammazza. Cosí non si va avanti... qua prima o poi succede qualcosa e ci va di mezzo tutto l'ufficio. Te lo dico, noi siamo per la denuncia...

Prendo una sedia e vorrei montarci a cavallo per appoggiare il mento allo schienale, ma ha i braccioli, cosí mi lascio cadere dentro, infossandomi. All'improvviso mi viene sonno, un sonno prepotente e cattivo, che mi gonfia gli occhi e mi riduce le palpebre a due fessure. Devo passarmi la lingua sulle labbra impastate per riuscire a parlare.

– Capisce l'italiano? – chiedo al nero, che annuisce energicamente. Carloni, invece, scuote la testa.

– Non è vero, parla solo francese, anche se fa sempre di sí. Non capisce ma si fida.

Il nero annuisce ancora facendosi cadere sulla maglia una pioggia di cenere di sigaretta. Sarà per il sonno, ma mi sembra quasi che i frammenti minuscoli di carta bruciata scendano lenti e leggeri sulla stoffa a righe, come falde di neve. Anche i rumori mi giungono attutiti come quando nevica: il tallone di Grazia che ondeggiando sulla punta batte a ritmo conto lo stipite della porta a cui sta appoggiata, il fumo che esce sibilando dalle labbra del nero, il tamburellare delle dita di Carloni sulla scrivania. La sua voce.

– Le spiego, dottore... il tipo stava dormendo da solo nella fornace quando si è svegliato per l'arrivo della volante, ha visto gli agenti e ha fatto per scappare. Giusto?

Il nero annuisce.

Carloni, allargando le braccia: – Vede? Non capisce ma si fida... comunque, gli agenti l'hanno preso e l'hanno portato qui. Dice di chiamarsi Emir Ben Abid e di venire dal Senegal ma naturalmente non ha uno straccio di documenti, niente permesso di soggiorno e niente fissa dimora. Giusto?

Io: – Come si fa a chiedergli se ha visto o sentito qualcosa?

Anche la mia voce mi giunge attutita, come con l'eco. Avrei bisogno di bere.

– Gliel'ho già chiesto, dottore... io sto qua proprio perché parlo francese. Dice che a metà della notte, non sa quando ma era ancora buio, ha sentito una macchina che faceva inversione nello spiazzo davanti alla fornace, che sarà un trecento metri dal fosso in cui hanno trovato la tipa. Sa come è fatta la strada lí, una classica stradina da puttane, che si deve fare fino in fondo per tornare indietro.

Grazia: – Niente grida, passi, rumori di lotta...

– No, soltanto l'auto che girava.

Grazia mi guarda con una smorfia delusa e mormora: – Peccato –. Poi si volta verso Carloni e corruga la fronte.

– Perché ridi?

– Perché non è finita. Sa, dottore, dopo che i naziskin hanno cercato di dare fuoco a un marocchino questa gente qua dorme con un occhio solo, come Tex Willer... cosí appena ha sentito il rumore, il moro qui si è alzato ed è uscito fuori per vedere.

Il sonno mi passa di colpo lasciandomi un sapore dolciastro e frizzante in fondo alla gola, come un sorso di spumante appena stappato. Mi stacco dallo schienale della sedia e fisso il nero che annuisce, deciso.

– E cosa ha visto?

– Una Mercedes, nera.

– Sicuro? – chiede Grazia. – Era buio e forse non conosce i modelli...

Carloni fa scivolare sulla scrivania un foglio di carta e il nero si sporge sulla sedia per batterci sopra col dito.

– Gli ho fatto disegnare il marchietto ed è quello della Mercedes. Quanto al colore, ieri notte era quasi luna piena e ci si vedeva benissimo. Ma non è finita qui...

Incrocia le braccia, scuotendo la testa, alza un sopracciglio e sorride. Si aspetta una domanda, Carloni, invece io lo fisso per qualche secondo, poi lancio un urlo che fa sobbalzare lui, il nero, Grazia e forse anche tutti quelli della Giudiziaria che stanno nell'ufficio vicino.

– E porco zio, Carloni, parla! Che cristo vuoi, la musica?

Faccio *ta-da-da-daan!* come nei film e lui stringe le labbra, arrossendo violentemente. Si affretta a parlare, con la voce che gli trema, acuta.

– No, è che questo moretto qui da noi vende gli accendini ma a casa sua è tipo un ingegnere...

– E allora?

– E allora ha proprio l'occhio per i numeri e se li ricorda appena li vede. Modena cinque-tre-sei-otto-otto-uno. L'ultimo non ha fatto in tempo a leggerlo ma direi che è già abbastanza, no?

Modena cinque-tre-sei-otto-otto-uno-*due*.

Vedo la targa dal finestrino della mia auto, inquadrata dal telaio come in televisione, sotto la luce gialla dei lampioni che cominciano ad accendersi. Se sposto lo sguardo, invece, vedo il palazzo davanti alla quale è ferma la Mercedes nera, deformato ai lati dalla curva del parabrezza come in un vecchio cinemascope. E piú indietro, tra le sbarrette di alluminio che tengono sollevato il poggiatesta del sedile di fianco al mio, vedo il portone, con la fila dei campanelli accanto al citofono. Su uno di quelli c'è il nome del padrone della macchina. Mario Velasco, via Campitelli 31. Ingegnere.

– Cosa sono queste contrazioni?

Grazia mi sta guardando, gli occhi grandi spalancati e una piccola ruga preoccupata al centro della fronte, che deforma la linea scura delle sue sopracciglia. È seduta accanto a me, con la macchina fotografica in grembo, il teleobiettivo appoggiato alla stoffa dei jeans tesa sulle ginocchia e le dita piccole, dalle unghie corte, che sfiorano la ghiera del fuoco, pronte a scattare.

– Che contrazioni?

– Le sue... ogni tanto ha uno scatto, contrae il

braccio, chiude il pugno. Sarà la terza volta che lo fa... si sente bene?

Non me n'ero accorto. Mi guardo le mani appoggiate sul volante, immobili da cosí tanto che me le sento intorpidite. Le sfrego assieme, infilandomele in tasca.

– Sarà perché stanotte non ho dormito, – dico.

– È un pezzo che le succede, no? C'è andato poi da quel suo amico dottore?

Non rispondo. Lancio un'occhiata rapida alla macchina, poi una al palazzo e una al portone. Torno indietro: portone, palazzo, macchina. Comincia a fare buio.

– Che elementi abbiamo? – chiedo. – Facciamo il punto della situazione.

Grazia annuisce, poi sporge in avanti il labbro inferiore e corruga ancora la fronte, per concentrarsi, socchiudendo gli occhi. Le sfugge uno schiocco umido, con un sospiro trattenuto come quelli dei bambini, quando apre la bocca per parlare.

– Allora... estate '89: Albertini Fabiana, ventidue anni, tossica e prostituta occasionale. Scaricata in un fosso lungo una traversa della via Emilia, con una frattura alla base del cranio. Probabilmente un sasso. Segni netti di un brutto morso su una spalla...

Annuisco. Ricordo le foto sulla scrivania del questore. Un brutto bianco e nero, pallido e sgranato. Lancio un'altra occhiata, macchina, palazzo, portone, portone, palazzo, macchina e faccio segno a Grazia di continuare.

– L'ultimo ad averla vista viva... cioè, il penultimo, era stato quel cliente che l'aveva caricata alla stazione e che poi era venuto spontaneamente a deporre. Diceva che l'aveva lasciata sotto il cavalcavia e mentre se ne andava l'aveva vista salire subito su un'altra macchina: una Mercedes 5000 Sl nera, – indica l'auto ferma all'altro lato della strada, – con dentro un tipo calvo.

Annuisco ancora. Macchina, palazzo, portone. Portone, palazzo, macchina. Tutto immobile.

– Poi c'è stata Sangiorgi Francesca, nel marzo del '92. Ex tossica. Batteva per il fidanzato. Strangolata in un fosso quasi a Bologna. Uno dei carabinieri che l'ha trovata ci disse che aveva le gambe coperte di lividi rotondi, come dei morsi, ma per il capitano erano soltanto segni di lotta. È stato allora che lo abbiamo chiamato «Lupo mannaro», ricorda? Poi il magistrato scartò l'idea del mostro, i carabinieri misero dentro il fidanzato della ragazza e ci fu anche la storia di quel brigadiere ucciso per sbaglio dalla polizia, per cui tra noi e loro c'erano dei rapporti pessimi e cosí di quell'indagine sappiamo poco e niente.

Macchina, palazzo, portone, portone, palazzo, macchina, che è ormai soltanto una sagoma scura nella penombra della sera.

La luce del citofono si è fatta piú vivida e ogni tanto si spegne per qualche secondo dando davvero l'impressione di stare a guardare lo schermo di un televisore.

– L'ha rifatto di nuovo.

– Ho rifatto cosa?

– Quello scatto... ha contratto il braccio cosí forte che mi ha fatto quasi paura. Mi preoccupa, sa? Oh Dio, eccolo!

C'è un uomo sui gradini del palazzo, inquadrato dalla sagoma del portone che aperto è ancora piú scuro e sembra una caverna. È magro, non tanto alto, un po' calvo. Fa soltanto mezzo passo verso la Mercedes ma si blocca sul bordo del primo gradino, con un'oscillazione del braccio che gli porta la borsa che ha in mano all'altezza del ginocchio. Il sibilo del *winder* di Grazia, che sta scattando a raffica rannicchiata contro il finestrino, si interrompe all'improvviso.

– Merda, – sussurra lei, – ci ha visto! – Poi si infila la macchina fotografica tra le cosce, si volta su un fianco e rapida mi abbraccia, stringendosi su di me. Sento le sue labbra morbide che mi si schiacciano sul mento, sotto le mie, mentre mi irrigidisco, sorpreso, e le appoggio le mani sulla schiena. Quando scivola su di me e mi stringe piú forte per appoggiarmi la testa sul petto e girarla di lato, verso il finestrino, non riesco a evitare un'erezione contorta e fastidiosa, schiacciata contro la cerniera dei miei calzoni e la fondina della sua pistola.

– No, non ci ha visto, – mormora Grazia, – ha solo dimenticato qualcosa.

L'uomo, infatti, è fermo sul gradino e si sta battendo con le mani sulle tasche della giacca. Alza anche un ginocchio, puntandolo contro il muro per appoggiarci la borsa e frugarci dentro. Grazia si allontana, lisciandosi la maglietta sul seno. È arrossita e abbassa gli occhi, imbarazzata, schiarendosi la voce.

– Mi scusi, dottore, – mormora, – forse vedo troppi film.

Io non so cosa dire. Ho ancora nelle narici l'odore intenso e un po' aspro delle sue braccia. Vorrei ridere ma c'è l'uomo sui gradini che sta chiudendo la borsa e anche Grazia si è già voltata di nuovo verso il finestrino. Dico solo: – Figurati, – con una smorfia che dovrebbe essere un sorriso.

– Macchina, targa, capelli, e anche taglia dei

calzoni, perché quello, a occhio e croce, potrebbe proprio essere una quarantotto. Per me è lui, dottore, e questa volta il magistrato lo deve emettere il mandato di cattura.

L'uomo sbuffa e gira sulla punta di un piede con un'altra oscillazione che gli riporta la borsa sul ginocchio. Si china sul citofono e senza scendere dai gradini avvicina il viso alle etichette sui campanelli piú alti.

La luce intermittente si accende di colpo, illuminandolo dal basso, e per un attimo, al posto delle orbite, gli scava nel volto due profonde fosse scure che dalla mia angolazione sembrano quasi quelle di un teschio.

– Sí, – mi sfugge, – sí, è lui!

E questa volta la sento anch'io, netta e violenta, la contrazione che mi stringe il pugno e mi piega il braccio fino quasi a farmelo battere sul petto.

*Al primo colpo il sangue gli schizzò sugli occhiali scuri, violento come uno sputo, ma lui continuò a colpirla, schiacciandola a terra sotto le ginocchia, una mano sulla gola e l'altra stretta attorno al sasso. Continuò a colpire finché lei non scomparve in una nebbiolina rossa, dietro il velo fitto di gocce che gli copriva le lenti, e anche allora continuò a colpire a caso, guidato dal rumore molle del sasso appuntito che scendeva in linea retta, sempre piú veloce.*

*Smise solo quando il braccio gli diventò pesante e lento, indolenzito dall'inizio di un crampo e allora si lasciò cadere all'indietro, a sedere, appoggiando la schiena e cominciò a scalciare, in avanti, con fastidio, per allontanare il corpo da sé. Spazzò le lenti con il dorso della mano e la nebbia di goccioline diventò una densa strisciata rossa, impenetrabile come un colpo di tergicristallo a secco sul parabrezza.*

*Non sapeva dov'era, a cos'era appoggiato e su cos'era seduto. Si sentiva come quando si svegliava di notte all'improvviso, da bambino, e si trovava nel buio senza punti di riferimento, il comodino, il cuscino, la lampada, la testata del letto, con la sensazione angosciante di essere sottosopra.*

*Chi fosse la ragazza a cui aveva appena sfondato il cranio, quello poi non se lo ricordava proprio.*

– No, no, no, no, no, Romeo, no... lei in mano non ha niente di niente.

Non dovevo fermarlo nel cortile. Non dovevo corrergli dietro per le scale e chiamarlo mentre già stava per entrare in macchina con la scorta. Dovevo sedermi in anticamera e aspettarlo in ufficio il dottor Lanzarini, che tanto tornava tra dieci minuti, un quarto d'ora al massimo, aveva detto la segretaria. Io invece mi sento questa smania dentro, lo inseguo nel corridoio del tribunale, lo blocco in cortile e rovino tutto. Lo sapevo che da quando ha avuto l'infarto il sostituto procuratore Lanzarini prende le cose con calma e non tollera accavallamenti.

– Abbiamo nome, cognome e indirizzo... perfino taglia dei pantaloni e calco dei denti!

– Sí, sí, sí, Romeo... detto cosí suona bene, benissimo. Ma stringi stringi cosa rimane? La confidenza di un collega a cui un extracomunitario, tra l'altro clandestino, avrebbe detto di avere intravisto una targa...

Faccio l'errore di interromperlo, ma non riesco a trattenermi.

– Però se confrontiamo la sua testimonianza con quelle degli altri casi...

– Ecco, ecco, ecco, Romeo... questo se lo scordi. Non ci sono altri casi. Gliel'ho già detto una volta cosa penso della sua teoria del serial killer... guardi un po', lo vede? Anche la parola... è americana e qua siamo in Italia e non in America. Da noi si chiamano mostri e sono come i ragazzi che tirano i sassi sulle autostrade o quei calabresi che hanno massacrato una bambina per farle un esorcismo, perché la credevano indemoniata... altro che serial killer. A Modena, poi, in Emilia! Senta un po', Romeo, qua il massimo del serial killer che può trovare è un macellaio che ammazza i gatti per farci il ripieno dei tortellini.

Ride il sostituto procuratore e con lui anche il sovrintendente della scorta che da dentro la macchina gli prende la cartella.

A me tremano le mani e devo stringerle dentro le tasche dei calzoni, stringerle forte, fino a piantarmi le unghie nelle palme.

– Chi sarebbe, poi, il suo mostro?

– Mario Velasco... un ingegnere.

Lanzarini scuote la testa.

– Non conosco. Senta un po', Romeo, senta... io sono dell'idea che in questo caso c'entra la droga ma non voglio che poi si dica che trascuro qualcosa. Facciamo cosí... lei cominci a portarmi la deposizione precisa di questo extracomunitario e vediamo cosa salta fuori. Contento? Venga domani con la deposizione del senegalese, Romeo, domani. Col senegalese.

– Espulso? Come sarebbe espulso? Espulso come?

Carloni sta battendo a macchina, velocissimo.

Lo sguardo fisso sul foglio, le labbra strette, socchiuse appena per parlare.

– Con un invito a lasciare il Paese entro quindici giorni e in caso di mancata ottemperanza con l'obbligo di...

Batto il pugno sul tavolo e faccio sobbalzare un portapenne di plastica con lo stemma della Stradale. Abbassando il braccio ho anche colpito Grazia, col gomito, e lei si fa indietro con un «ahi» soffocato.

– Lascia perdere la procedura, Carloni, lo so come si espelle uno straniero! Vuoi dire che non è piú qui? Che l'avete lasciato andare via e adesso è fuori, chissà dove?

– Cosí è la legge, dottore.

– Cosí è la legge un cazzo!

Sto per picchiare di nuovo il pugno sul tavolo ma mi trattengo. Carloni batte una raffica veloce sui tasti della macchina, poi si alza, gira attorno alla scrivania e va a chiudere la porta. Ci si appoggia con la schiena, incrociando le braccia.

– È stato Vitali, – sussurra, – ha saputo che volevamo metterlo nei guai e ha voluto togliersi dai piedi il senegalese il piú presto possibile. Non ho potuto farci niente. Ce l'ha messo nel culo a tutti.

– E la deposizione? Quell'uomo era un testimone importante in un caso di omicidio...

Carloni indica la cartellina color crema che ha sul tavolo, accanto alla macchina da scrivere.

– È lí dentro, la deposizione, ma non perda tempo a leggerla perché non c'è niente. L'ha scritta Vitali, senza metterci una parola su targhe o modelli di auto. Il tipo si è svegliato, ha intravisto una macchina scura ed è tornato a dormire. Tutto qui.

– Però tu lo ricordi il numero che mi hai detto, no? Ti ricordi che il senegalese ha testimoniato.

Le guance di Carloni si gonfiano e per un attimo mi sembra che il volto gli si deformi, le labbra si aprano, tendendosi in avanti, gonfie e rotonde come la sordina di una tromba.

– Bisognava fare subito un verbale di sommaria informazione testimoniale e poi... io e l'ispettore capo abbiamo parlato, lui ha riconosciuto certi suoi errori, ha fatto delle promesse, preso degli impegni... Insomma, dottore, anch'io non me lo ricordo piú questo numero di targa.

L'ultima sigaretta del pacchetto. Schiacciata assieme alle altre nel portacenere. L'odore denso di fumo che ristagna nel mio ufficio.

– Dobbiamo ricominciare tutto da capo... anzi, dobbiamo cominciare proprio, perché finora non abbiamo fatto ancora niente.

Mi dondolo sulla sedia, mezzo giro da una parte e mezzo giro dall'altra, facendo leva sui talloni che tengo appoggiati al bordo della mia scrivania. A ogni movimento Grazia mi appare prima a destra poi a sinistra del cono verde della lampada che tengo al centro della scrivania. Prende appunti sul suo taccuino, prima a destra, poi a sinistra e ogni tanto, con la penna, si sposta dalla fronte un ciuffo di capelli neri che le scende sugli occhi e mi guarda, attenta.

Carrone, l'ex dirigente della Mobile, quando tre anni fa Grazia entrò da noi: – Perché non ti fai la tua assistente? Non è una gran figa ma è carina e ti guarda con una soggezione... per me, se ci provi ci sta.

Sorrido, quasi imbarazzato.

– Intanto mandiamo un fonogramma di ricerca per il senegalese a tutte le questure e i commissariati e anche alle caserme dei carabinieri. Poi ci ripassiamo tutte le pratiche dei tre omicidi per vedere se c'è sfuggito qualcosa e già che ci siamo chiediamo alla Criminalpol se ci sono stati casi simili in regione, perché non si sa mai. Poi vado dal questore, gli racconto tutto e gli chiedo di mettere sotto controllo il telefono dell'ingegnere, in via informale. E l'ingegnere sotto sorveglianza, sempre in via informale. E cerchiamo di scoprire tutto quello che si può su questo ingegnere.

Grazia scrive, a destra e a sinistra, a sinistra e a destra, mentre io mi sento scivolare piano piano in una nebbiolina frizzante che mi risucchia lentamente, dalle spalle. Devo scuotere la testa per dissipare il velo di sonno rancido che mi appanna la vista. Se solo riuscissi a dormire per una notte...

Il trillo del telefono di fianco al computer. Mi strappo dal torpore con un gemito soffocato. Il cuore ha fatto un balzo nel petto e batte veloce, fino quasi a farmi male. Faccio cenno a Grazia di rispondere perché mi manca il fiato, e quando riesco ad allungare la mano per farmi passare la cornetta la sento che dice: – Il commissario viene subito, – e mette giú. È impallidita.

– Che c'è? – chiedo, roco.

– Deve andare di sopra dal questore. Immediatamente. C'è un signore con il suo avvocato che chiede di lei.

– E chi è questo signore?

Grazia allarga le braccia, con una smorfia spaventata.

– Dottore... è l'ingegner Velasco.

Sulle scale che portano all'ufficio del questore una contrazione violenta ai muscoli addominali mi tira verso il basso, fino quasi a farmi sfiorare i gradini con le mani. Mi rialzo con un colpo di reni e uno di quei salti scomposti che si fanno quando si inciampa, aggrappandomi al corrimano. Sarà lo scatto, ma il cuore ha ripreso a battere forte e quando busso alla porta del questore l'affanno mi fa spalancare la bocca.

L'ingegnere è diverso da come l'ho visto l'altra sera.

Calvo, magro, non tanto alto, ma con qualcosa di strano. Il naso dritto, la bocca grande, dalle labbra sottili, i capelli neri tagliati corti che gli girano attorno alla testa come una corona, sopra le orecchie, con appena un velo di riporto sopra il cranio lucido...

È la pelle, me ne accorgo quasi immediatamente, è la pelle del volto che è strana. Liscia e rosea, quasi senza rughe, distesa come quella di un bambino. Al buio, l'altra sera, non me ne ero accorto.

Si volta assieme all'avvocato, contemporaneamente e dalla stessa parte, mento sulla spalla destra e gomito del braccio sullo schienale della poltrona, gli occhi, azzurri come quelli del legale, dritti su di me.

Il questore si alza e mi fa un cenno circolare col dito che potrebbe voler dire qualunque cosa.

– Romeo... cos'è questa storia delle indagini?

Il cuore mi batte. Sul volto un calore fastidioso, che mi fa sudare. Mi guardo attorno per cercare una poltrona su cui sedermi, perché mi sembra quasi che mi giri la testa.

– Il commissario non si sente bene, – mormora l'ingegnere. Ha una voce morbida, senza accento. Un po' nasale.

Dico: – Sto benissimo, grazie, – e intanto mi siedo su un divanetto, sotto il quadro di un artista locale che raffigura un Cristo deposto, steso tra le braccia di una Madonna. Mi stenderei anch'io e volentieri, ma il questore mi guarda e ripete quel gesto circolare col dito, del tutto incomprensibile.

– L'ingegner Velasco è venuto qui con il suo legale, l'avvocato Foglia, a lamentare che ci sarebbe un'indagine nei suoi confronti per l'omicidio della ragazza di Pavullo. Adesso io voglio sapere se questa indagine c'è, a che titolo si conduce e perché io non ne sono stato informato.

Ha alzato le voce sulle ultime parole e il gesto circolare si è fatto piú deciso. Vorrei asciugarmi il sudore dalla fronte ma ho paura di sembrare piú in imbarazzo di quello che sono, cosí deglutisco solamente, per controllare l'affanno.

– Non c'è nessuna indagine su nessuno. Ci sono solo dei normali accertamenti su alcuni... alcuni particolari emersi durante... durante gli accertamenti e che sono ancora cosí vaghi che...

L'avvocato mi interrompe con lo stesso gesto circolare del questore ma meno deciso e appena abbozzato nella chiusura, come un'imitazione fatta male.

– Noi non abbiamo ricevuto nessun avviso di garanzia. Se ci sono delle indagini sul mio cliente abbiamo tutto il diritto di...

– No, no, nessuna indagine. Ripeto, accertamenti, vaghi, a trecentosessanta gradi... semplice routine investigativa e nient'altro.

– Ma si è fatto il nome del mio cliente? Ci sono elementi in questo senso? Perché se è cosí noi abbiamo tutto il diritto...

Il sudore mi è sceso sulle ciglia e mi brucia gli occhi, costringendomi a serrare le palpebre. Mi asciugo la fronte senza ritegno scuotendo la testa e nel buio arrossato dei miei occhi chiusi sento la voce sottile dell'ingegnere, con la sua lenta vibrazione nasale.

– Ecco, vorrei precisare un attimino i termini della questione. Non c'è, da parte mia, alcuna intenzione di polemizzare con nessuno e tantomeno con gli organi di polizia. Soltanto, avendo saputo che il mio nome poteva essere messo in relazione con eventi criminosi, mi sono presentato spontaneamente ai vostri uffici con tutta la migliore buona volontà.

Parla trattenendo le parole, l'ingegnere, prendendo fiato brevemente, come se annuisse a ogni frase.

Riapro gli occhi e lo vedo che sorride, rassicurante e comprensivo.

Chiedo: – Posso sapere come avete avuto notizia dell'indagine che sto... cioè, che starei facendo?

– Da fonte diretta, – dice l'avvocato, deciso. – E certa, anche, perché sono io. Ero nel cortile del tribunale, questa mattina, quando ho sentito proprio lei fare il nome del mio cliente con il sostituto procuratore Lanzarini.

Lancio un'occhiata al questore, che mi fissa torvo. Mi aspetto un altro gesto circolare e invece nessuno si muove o dice niente.

Appoggio la nuca allo schienale del divanetto, con la camicia bagnata che mi si appiccica alla schiena. Il cuore mi batte sempre piú forte.

Mi sento male.

– Non ho dubbi, – dice l'ingegnere dopo qualche secondo di un silenzio insopportabile, – che le cose si risolveranno per il meglio e che l'equivoco sarà chiarito. So che qui alla polizia siete una buona squadra che lavora sodo e che scoprirete certamente l'autore dell'omicidio di quella povera ragazza. Io sono e resterò sempre a vostra completa disposizione per ogni esigenza che al momento, però, non vedo proprio come potrei soddisfare.

Sorride e guarda il questore, che annuisce, serio. Annuisce anche l'avvocato, poi lui e l'ingegnere si alzano insieme e tendono la mano prima al questore poi a me.

Allungo il braccio senza alzarmi e mentre l'avvocato mi sfiora solamente le dita, l'ingegnere mi stringe forte, piegandomi il palmo.

– Lei però non sta bene, – mi sussurra, chinandosi appena e lasciandomi davanti, leggero, un soffio evanescente di dopobarba alla menta, che sparisce immediatamente sotto l'odore acido del mio sudore.

Appena sono usciti tutti e due, il questore torna a sedersi, sbuffando.

– Ma Romeo, anche lei, però! Mettersi a urlare i risultati di un'indagine in cortile, davanti a tutti! Eppure non è un ragazzino... dirige la Mobile da quando il vicequestore è in aspettativa... è un funzionario capace, con... quanti anni di servizio?

– Undici.

– Ecco, bravo! Ma davvero c'è questa indagine? Mi aggiorni perché non ho seguito il caso e non so niente...

Riassumo brevemente perché da quando è a Modena il questore non si è mai occupato di indagini giudiziarie e ha sempre lasciato libero il rapporto con i magistrati. A me lo stress delle pubbliche relazioni e a voi la gloria delle inchieste...

Quando finisco di parlare lui resta in silenzio per un po', grattandosi il mento con un'espressione perplessa che mi pare gli sollevi gli angoli della bocca fin quasi ai lati del naso.

– Ma è sicuro? Non le sembra di esagerare con questa storia del mostro? Guardi che a me non pare che ci siano tutti questi elementi a carico dell'ingegnere. Ecco, appunto, l'ingegnere... lei lo sa chi è l'ingegner Velasco?

Scuoto la testa. Non lo so... almeno non nei termini che intende lui.

– È l'amministratore delegato della Presenti e Presenti, questo lo saprà anche lei, è stato eletto in parlamento con... oddio, non che questo faccia differenza, per carità, però mi spinge a pensare che l'ingegnere, incensurato e tra l'altro offertosi spontaneamente di collaborare appena saputo delle sue indiscrezioni, non sia proprio il tipo del mostro. E poi, scusi... cosa vorrebbe fare lei? Domande, ricerche, telefono sotto controllo...

– Turni di sorveglianza...

– Ecco, sí, bravo... magari ventiquattr'ore su ventiquattro. Ma lo sa cosa significa, questo? Quattro turni di sei ore con otto uomini a rotazione... anzi, dieci, perché i due che fanno la notte il giorno dopo sono fuori servizio. È l'equivalente di una volante, per cui se il cittadino per bene viene scippato e telefona al 113 noi non possiamo mandargli nessuno perché stiamo cercando uno che ammazza le tossiche...

Il questore alza le braccia, tirandosi indietro di scatto, come se si fosse scottato.

– Ecco, adesso non capisca cose che non ho mai

voluto dire. Per carità, non dico che si debba lasciar perdere, dico solo che non ci sono abbastanza elementi per affrontare un'indagine cosí dispendiosa in termini di uomini e di mezzi. Batta la pista degli spacciatori, che mi sembra piú concreta. Comunque, io non voglio metterci bocca, lo sa... a ognuno il suo campo. A me lo stress delle pubbliche relazioni e a voi la gloria delle inchieste.

Io, quando sono molto teso, di solito fischio Miles Davis.

Metto un disco sul piatto accanto alla finestra dello studio, mi siedo in poltrona, accendo una sigaretta e comincio a fischiare, piano, come se fossi un'altra tromba.

*Ascenseur pour l'échafaud*, soprattutto, che inizia con un brano lento e mi ricorda il film con Jeanne Moreau.

Avevo piú o meno quattordici anni quando vidi quel film alla televisione e credo che sia stato proprio grazie agli ispettori dei noir francesi se ho deciso fin da allora che avrei fatto il poliziotto. Nonostante tutto. Nonostante *Siddharta* e la macrobiotica. Nonostante il basso suonato male con gli Assoluto relativo. Nonostante la domanda di obiezione di coscienza, respinta. Nonostante sapessi rullare una canna con una mano sola. Nonostante l'utopia. Patty Smith, Contessa e gli Skiantos. Il '77. La morte di Lorusso e le manganellate dei celerini al raduno dell'anno dopo. I volantini davanti a Legge, con Laura in eskimo e kefiyah rossa.

– Tu ti devi chiarire.

– Guarda che voglio fare il poliziotto, sí, ma del

sindacato. Scriveva Pasolini dopo Valle Giulia che...

– Non c'entra il poliziotto. Tu ti devi chiarire.

– Vabbe', allora farò il test dell'«Espresso» per sapere se sono di destra o di sinistra.

– Fanculo.

– Fanculo te.

Credo di essermi fatta proprio su *Ascenseur pour l'échafaud* una delle ultime canne, per celebrare l'ammissione al concorso per commissario di Ps. Feci anche il test dell'«Espresso». Sinistra razionale, tendenza Luciano Lama.

Cosí comincio a fischiare sulle prime note di *Generique*, su quella tromba calda e triste che sembra arrampicarsi nel buio della penombra, assieme alla spirale di fumo bianco che ho soffiato contro la luce della finestra. Seguo la melodia, cercando di arrivare piú in alto di Miles e di rimanere attaccato alla nota ancora un po', dopo che lui l'ha lasciata, e intanto stringo gli occhi cosí forte che una pioggia di piccoli puntini luminosi comincia a brillarmi nel buio delle palpebre serrate.

Vorrei fischiare tanto da soffiare fuori tutto quello che ho dentro.

– Non potresti smetterla, per favore? Sei stonato e vai anche fuori tempo.

Apro gli occhi, abbagliato dalla luce del lampadario che si è appena accesa. Laura sulla porta. Mi lancia un'occhiata rapida, distratta e infastidita, la testa piegata su una spalla per agganciarsi al lobo la clip di un orecchino. È mezza svestita, scalza, con la sottana grigia di un tailleur da donna manager ancora sganciata sul fianco e la camicetta aperta, che scopre sulla sua pelle abbronzata la striscia chiara di un reggiseno di pizzo.

Non le rispondo, gonfio le guance per fischiare piú forte e la guardo litigare con i capelli biondi, lunghi e lisci, che le si impigliano nella clip. Alzo un dito indicando il lampadario ma lei si volta e se ne va, lasciando la luce accesa. Torna un attimo dopo, con la camicetta chiusa, si appoggia con la mano allo stipite della porta e piegando una gamba sul ginocchio si infila una scarpa. Smetto di fischiare perché ormai mi si sono seccate le labbra e quello che esce è solo un sibilo raschiante e sordo.

– Sei stato dal dottore? – mi chiede, ma non le rispondo.

– Esci? – le chiedo, ma non mi risponde.

Si infila l'altra scarpa, aggiustandola sul tallone, e scompare oltre lo stipite. Ricomincio a fischiare, forte, ascoltando il rumore dei suoi tacchi che si allontana lungo il corridoio e lo schiocco deciso della porta che si chiude.

La luce è rimasta accesa.

*Guardò il coltello, la lunga lama triangolare che sembrava ancora piú bianca alla luce della luna, guardò il ramo del cespuglio a cui si era aggrappato con la mano e con un sorriso pensò: «Sembra un fotogramma di* Shining*!»*

*Allora, come Jack Nicholson, spalancò gli occhi e scoprí i denti in una smorfia esasperata, sibilando «Weeendy» finché non gli scappò da ridere. Era buio nella pineta ma a lui sembrava di vederci benissimo anche in quel piccolo intrigo di rovi e cespugli, poi aveva sentito i passi, lo scricchiolio preciso degli aghi di pino sotto la scarpa di tela della ragazza, una sola, perché l'altra l'aveva lasciata dentro la sua macchina e lui ora la teneva in mano.*

*– Se tu volessi essere un attimino gentile, – disse alla sagoma degli alberi che gli copriva l'orizzonte, lasciandogli intravedere soltanto uno spicchio di mare scuro, – verresti fuori e mi lasceresti fare. Cosí risparmieremmo tempo tutti e due.*

*Si aspettava un rumore, un sospiro o un singhiozzo e infatti eccolo, proprio tra gli alberi, vicino al muro di legno del capanno che tagliava la visuale con una netta linea verticale. Guardò quella scarpa da ginnastica, ricordandosi di come gli era rimasta tra le dita quando si era gettato sul sedile per afferrare la ragazza che era schizzata fuori dall'auto e si chiese co-*

*me avesse fatto ad accorgersi del coltello. Poi sollevò le spalle e lanciò la scarpa contro le assi di legno, scattando verso gli alberi prima ancora di sentire il tonfo secco della gomma contro il legno. Lei gli cadde tra le braccia, di corsa, gli rimbalzò contro il petto e gli avrebbe sicuramente fatto perdere l'equilibrio se lui non fosse stato pronto a fermarla, ad afferrarle il volto con la mano e a spingerla indietro, col braccio teso, fino a farle battere la schiena contro il capanno. Allora le affondò il coltello nello stomaco, piantandole le unghie nelle guance, e quando sentí la lingua di lei che usciva tra le labbra schiacciate e gli toccava il palmo, lanciò un ringhio roco e con uno scatto della bocca spalancata le affondò i denti nella gola.*

Notte in bianco, avviluppato nel lenzuolo umido di sudore, appiccicoso come un asciugamano bagnato. La federa sgualcita mi premeva sotto il lobo dell'orecchio e mi ha indolenzito tutto il collo.

Il Valium di Bonetti: ovatta nella testa alla mattina. Le gambe pesanti come piombo. La prima sigaretta ancora a letto, la seconda in bagno, sulla tazza del water. Lo stomaco che rifiuta anche i cornetti di Balfio.

In ufficio, l'ultimo pacchetto nel cassetto della scrivania, accanto alla pistola. Vuoto.

– Ce n'è una a Cattolica, tre a Rimini, una a Faenza, una a Imola, quattro tra Bologna e Modena e ancora, dunque...

Loris solleva gli occhiali e stringe le palpebre, alzando e abbassando la testa per mettere a fuoco il foglio. Mormora: – Cazzo, il bambino mi ha rigato quelli buoni, – poi batte le unghie sulla lista e me la passa, facendola scivolare sulla mia scrivania.

– Insomma, ce n'è un po' per tutta la via Emilia. Devo dire che quando mi ha messo sul tavolo quella roba ho pensato davvero che fosse uscito di testa, dottore. Tutti gli omicidi irrisolti in Emilia Romagna dal 1980 a oggi... ce n'è un casino. E per isolare quelli di giovani ragazze sospette tossicodipendenti e/o prostitute con strane ecchimosi sul corpo ho dovuto chiamare tutti i commissariati e le caserme dei carabinieri e farmi leggere i rapporti... non siamo mica in America, qua, che basta un giro col terminale e *zac*!

Grazia alza un braccio e taglia l'aria con due dita a forbice. Loris annuisce, con una smorfia seccata sotto lo sguardo da miope.

– Vabbe', vabbe', taglio corto... Allora, si tenga forte, dottore, sa quante sono? Ventidue.

– Merda, – mormora Grazia. Io lo penso soltanto, senza dirlo. Una contrazione dei muscoli del collo mi tira indietro la testa facendomi sbattere la nuca contro il muro con un dolore acuto che mi arriva fino alla fronte. Mi guardo attorno con la coda dell'occhio, sembra non se ne sia accorto nessuno.

– Eh già, – continua Loris, – un bel casino... Le piú lontane sono ad Ancona e a Piacenza e la prima è del 1989. Diciannove anni, piccolina, bionda, tossica, gola tagliata e morsi selvaggi sulla pancia, tanto che il maresciallo del paese in cui l'hanno trovata mi ha detto che è ancora convinto che sia stato un cane. Al paese dicevano un lupo mannaro. Ho chiesto a nome suo che mi spedissero tutti i rapporti e le fotografie e prima o poi arriveranno... ho fatto male?

– Hai fatto benissimo, – dico, – ora però zitto e non parlare con nessuno di questa storia.

Loris incrocia gli indici sulle labbra e li bacia due volte, rapidamente.

– Potessi morire, dottore. Lo sa lei quand'è il momento di fare il botto. Perché è un gran botto questo... un serial killer in Emilia Romagna, nel paese del Lambrusco! Anche se in effetti, se ci pensa bene, questa regione la può vedere come un'unica grande città che da Reggio arriva fino a Cattolica... una specie di Los Angeles con qualche milione di abitanti e una superficie estesissima e la via Emilia *on the road*, per cui...

Chiude la bocca di colpo, perché Grazia gli ha fatto di nuovo segno di tagliare. Esce dall'ufficio. Un attimo di smarrimento. Il silenzio che ronza, forte, come un campo di grilli. La vista che si appanna come le righe di un libro che si sovrappongono, indistinte, quando le fissi.

Grazia: – Ventidue... dottore, sono ventidue. Come si fa?

Mi scuoto.

– Ventidue omicidi e neanche uno straccio di indizio per convincere un magistrato. L'hai fatto il terminale del senegalese?

– Sí. Sette alias... ogni volta che lo fermano dà un nome diverso. Però ho fatto diramare a tutte le questure e i commissariati che...

– Ciao, quello è perso.

Un altro attimo di stordimento. Come una mosca che mi attraversa la testa, da orecchio a orecchio. Grazia mi ha fatto una domanda ma non ho sentito.

– Come procediamo con l'indagine?

Il suo sguardo ansioso, attento e pieno di fiducia. I suoi occhi neri che mi guardano. Il senso di angoscia che mi stringe lo stomaco. Nessuna esperienza in questo campo. Poi, l'idea.

– Trovami un numero sull'elenco. Andiamo a pranzo sull'Appennino. Dicono che ci sia un prosciutto, lassú...

Il sagrato della chiesa è di pietra, stretto tra la strada e il parapetto sulla scarpata e curvo come la schiena di un dosso.

Davanti, in cima a una scalinata di sasso dai gradini sbeccati c'è una cappella chiusa da anni e dietro, con i mattoni che spuntano da sotto l'intonaco scrostato e le persiane delle finestre legate col filo di ferro, c'è una chiesetta sconsacrata.

– In questo paese c'è il Diavolo, – ci aveva detto il professore appena arrivati alla piazzetta dove avevamo appuntamento e da allora mi ero sentito qualcosa addosso, sulla schiena, come lo sguardo di qualcuno che mi fissasse alle spalle. E anche adesso, seduti sotto il pergolato della trattoria, sovrastati da una torre tozza con facce di demoni senza naso e dalle corna di caprone, quella sensazione fastidiosa e fredda non mi abbandona.

Il professor Del Gatto ha appoggiato una mano su quella di Grazia e le sta raccontando la storia della torre, costruita nell'Ottocento da un anticlericale che poi era stato costretto dal vescovo a scalpellare il naso dei suoi dèmoni di pietra. Lei sorride, ma so che come me freme di impazienza e la vedo che gira e rigira il bicchiere tra le dita.

Forse se ne accorge anche il professore, perché smette.

– Il fatto è che in Italia manca il concetto criminologico dell'assassino seriale, – dice all'improvviso. – Ogni omicidio che non sia di mafia è sempre fine a se stesso e soltanto a volte e per caso si pensa a metterlo in relazione con altri. A Firenze ci siamo accorti che c'era un mostro soltanto dopo un pezzo e soltanto agli ultimi due omicidi abbiamo cercato di dare una risposta investigativa adeguata, a tappeto, chiedendo, per esempio, a *tutti* i casellanti della zona di segnarsi *tutte* le targhe di *tutte* le auto con uomini soli che entravano in autostrada. Tardi, troppo tardi. Alla salute.

Il professore alza il bicchiere e tocca quello di Grazia. Solo quando ha già bevuto un sorso si ricorda del mio e ne fa tintinnare il bordo con un rapido colpo di fondo.

– Eppure non è che non ce ne siano... Quando sono entrato nella Squadra antimostro come consulente ho fatto una ricerca e ne ho trovati parecchi, da Cesare Serviatti, che negli anni Trenta uccise sette donne e le fece a pezzi lasciandole lungo la linea La Spezia-Roma, alla Cianciulli, che dal '39 al '40 ne uccise tre e ne fece sparire i cadaveri facendoli bollire in un pentolone, come le streghe. E poi in questi anni, il mostro di Bolzano e quello di Sanremo, Abel e Furlan che in Veneto ammazzano preti, omosessuali e zingari e Giancarlo Giudice, che a Torino uccide otto prostitute perché gli ricordavano la matrigna. Anche il suo ce l'ha con le prostitute, no? Qual è il suo M.O.?

– Prego?

– Il suo *modus operandi*... cosa ha detto che gli fa alle ragazze?

– Le morde. Cioè, non solo... le ammazza, soprattutto.

– Ovvio. E lei, commissario?

Mi sfugge un'occhiata sorpresa, che lancio a Grazia mentre mi tocco il petto con un dito.

– Io? Io non faccio niente...

– Ma no, cosa capisce... voglio dire, cosa vuole lei da me, perché è venuto fin qui...

– Per avere dei consigli.

Il professore sorride, si versa un bicchiere di vino e ne versa uno anche a Grazia, che comincia ad avere le guance arrossate.

– Ha scelto l'uomo giusto, allora. Io, prima ho sbagliato tutto dando un ritratto psicofisico che faceva del mostro di Firenze un dottore di cultura anglosassone alto almeno due metri e poi mi sono fatto incastrare nel papocchio delle accuse a Pacciani, finché non mi sono rotto le scatole, ho mollato tutto e mi sono ritirato quassú. Se vuole *consigli* aspetti che finisca il mio libro sui mostri nostrani e che trovi un editore che abbia voglia di pubblicarlo.

Mi volta le spalle e allunga la mano sul tavolo, appoggiandola di nuovo su quella di Grazia. Le si avvicina e la fa ridere, sussurrandole all'orecchio qualcosa che non sento. Io mi passo le mani sul volto, sospirando tra le dita chiuse. Sento la voglia irresistibile di stendermi sul tavolo, a farmi accarezzare dal venticello frizzante che soffia sotto il pergolato.

Appena torno a casa devo trovare qualcosa che mi svegli.

– Allora, – dice il professore, lasciando Grazia e voltandosi verso di me, – possiamo distinguere gli assassini seriali in quattro categorie. *Visionari*, come il Figlio di Sam, che ammazzava perché glielo ordinava il cane del suo vicino; *Missionari*, come lo Squartatore dello Yorkshire che voleva ripulire le strade dalle prostitute; *Assassini per lucro*, come Landru, che uccideva le amanti per i loro soldi; e *Assassini per libidine*, che uccidono per soddisfare un impulso sessuale o comunque per la ricerca del piacere... sto usando volutamente termini non scientifici perché cosí capiamo tutti, commissario. Il suo cos'è?

– Non lo so. Credo l'ultima categoria, anche se con le ragazze uccise non ha mai...

– Non importa... Sylvestre Matushka, nell'Ungheria degli anni Trenta, eiaculava soltanto alla vista di un incidente ferroviario e ne provocò parecchi... Facciamo cosí, dato che è riuscito a incuriosirmi, mi mandi tutta la documentazione sul caso... chissà che non torni utile al mio libro e magari io riesca a darle un parere professionale un po' piú concreto. Intanto, se vuole dei consigli posso dirle questo: tutti gli assassini seriali, dal punto di vista investigativo, hanno due punti deboli. Il primo è far sparire i cadaveri, ma il suo, mi sembra, non ha questo problema visto che li lascia semplicemente lungo la strada. Giusto?

– Giusto. E il secondo?

– È il *senso di colpa*. Prima o poi tutti gli assassini cercano inevitabilmente di farsi prendere e commettono piú o meno inconsciamente una serie di errori in questa direzione. William Heirens lo scrisse addirittura sul muro della casa in cui aveva ucciso una donna: «Per l'amor di Dio, fermatemi». Si riguardi tutti i casi e cerchi i passi falsi. Trovi il *senso di colpa*, commissario e avrà in mano il suo assassino.

Questura di nascita, questura di residenza, questura di competenza.

Fax, fonogrammi, posta ordinaria e le foto delle ragazze, da vive e da morte, sparse sulla mia scrivania.

I rapporti da leggere, confrontare, verificare.

Sommaria informazione testimoniale di Ricci Gino, nato a Piacenza, anni trentadue: «Mi ricordo di aver visto la Luisa verso le tre e mezzo che scendeva da un'auto scura...» Nessuna connessione.

Relazione di servizio della volante numero tre:

«Alle ore cinque il Centro operativo richiedeva allo scrivente di recarsi in via Tommasini all'altezza del numero 11...» Nessuna connessione.

Rambelli Paola, detta Paolina, un neo sulla guancia sinistra nella foto della carta d'identità, sedici pugnalate al ventre con una scheggia di vetro appuntita. Nata a Bari il 22.07.1974, questura di nascita: Bari. Nessun precedente, nessuna segnalazione. Questura di residenza: Ancona. Il dirigente della Mobile: – Lí per lí abbiamo pensato al fidanzato, che non c'è tutto con la testa, ma era in comunità, quindi ci siamo orientati verso...

A mezzogiorno, un caffè al bar della mensa. Il Plegine che mi sono fatto prescrivere per combattere l'effetto del Valium mi ha fatto passare completamente la voglia di mangiare. Mi faccio dare un thermos.

Alle quattro, telefona il professore: – Il suo Lupo mannaro appartiene alla specie degli *impulsivi coscienti* che lungi dal respingere l'ossessione perniciosa, l'accettano e la perfezionano. In lui non soltanto la volontà viene meno alla sua funzione di supremo controllo, ma anzi, raggiunta anch'essa dal processo morboso e pervertito, coordina le altre facoltà al fine di eseguire fino in fondo l'atto voluto. Ma il punto debole resta sempre lo stesso, commissario: il senso di colpa. Cerchi quello.

Randi Marina, strangolamento ed ecchimosi su tutte e due le braccia.

Nessuna connessione.

Berti Giovanna: frattura del collo e morsi lungo tutta la schiena.

Nessuna connessione.

Foschini Manuela, un colpo di bottiglia alla nuca.

Peroni Nastro Azzurro.

Nessuna connessione.

Il senso di impotenza che mi fa venire voglia di buttare all'aria tutto.

Lo sguardo di Spazzali Monica che mi fissa, il mento sulle mani, il sorriso morbido e due piccole rughe maliziose all'angolo del labbro. Uno spasmo improvviso alle braccia mi fa rovesciare il caffè sul pavimento.

Grazia, sulla porta: – Niente da fare, dottore. In tutta la città c'è una sola lavanderia che ricorda di aver trattato vestiti con sospette macchie di sangue, ma era un grembiulino da bambini, di quelli dell'asilo...

Le pratiche della Mobile che si accumulano sul pavimento dietro la scrivania.

Il questore, al telefono: – Mi dicono che la relazione sulla rapina di venerdí non è ancora pronta... Romeo, a cosa lavori tutto il giorno?

Un minuto per una scappata da Bonetti.

– Perché non sei venuto ieri?

– Avevo da fare.

– Bravo, continua a non capire, rischia la pelle,

dài. Sembra quasi che avere la possibilità di guarire ti dispiaccia...

Grazia, sulla porta: – Niente da fare, dottore. Il metronotte si ricorda di un'auto che si è fermata nel parcheggio dietro il magazzino ma non ha fatto in tempo a vedere la targa...

Valium di notte per annebbiarmi la vista mentre fisso il soffitto.
Plegine la mattina per svegliarmi.
Allo specchio, una faccia che non conosco.

Galli Mariangela era riuscita ad arrampicarsi sulla scarpata della ferrovia quando lui l'ha raggiunta, afferrandola per i capelli (relazione del perito settore: escoriazioni sul cuoio capelluto nella zona posteriore del cranio). Le ha girato un braccio dietro la schiena (slogamento della scapola e torsione del radio), poi le ha fracassato la testa contro le rotaie del treno (fratture multiple al naso e agli zigomi e sfondamento dell'osso frontale). Nessuna connessione.

Grazia, sulla porta: – Niente da fare, dottore...

Fumagalli Antonietta.
Nessuna connessione.
Ralli Giovanna.
Nessuna connessione.
Rita.
Nessuna connessione.
Francesca.
Nessuna connessione.
Marinella.
Nessuna connessione.

È ormai sabato sera inoltrato quando accartoccio nel pugno il pacchetto vuoto delle sigarette, mi schiaccio gli occhi con i polsi e nel silenzio della questura quasi vuota lancio un urlo con tutto il fiato che ho. Il piantone spalanca la porta, con una mano sulla fondina della pistola.

– Dottore? Santo Dio, commissario, che succede?

– Niente. Mi sono chiuso il dito in un cassetto.

– Deve essersi fatto un male della madonna per urlare cosí... È sicuro di sentirsi bene? È tardi, dottore, sono quasi le undici... perché non va a casa?

Vado a casa. Parcheggio l'auto lontano e con le mani in tasca, le gambe rigide e le palpebre spalancate come se qualcuno mi tirasse la pelle, divoro il marciapiede un passo dopo l'altro.

Coni d'ombra e piramidi di luce si alternano veloci mentre passo sotto i lampioni.

Fisso l'asfalto davanti a me cosí intensamente che è come se tenessi gli occhi chiusi.

Solo rumori.

Il ronzio acuto di un motorino e uno scrocchio secco di plastica schiacciata appena lo sento passare accanto a me, sulla strada.

Il tonfo delle mie suole di gomma che mi rimbomba dentro a ogni falcata.

Un'auto che parte e trascina lontano il guaito insistente di una cinghia che slitta.

Ticchettare di tacchi alti al mio fianco per lo spazio di due passi, lo schiocco umido di labbra che si aprono e una voce nasale, da travestito, che cantilena infantile: – Che fa il signore, non caga?

All'improvviso, sotto un lampione che lampeggia e si spegne, un passo alle mie spalle mi fa rabbrividire. È solo uno scricchiolio di cuoio, senza fretta, senza scatti, ma io irrigidisco la schiena e con un salto raggiungo il portone di casa mia, attaccandomi con una mano al batacchio, mentre con l'altra, in tasca, cerco le chiavi. Ho paura a voltarmi. Non so perché.

– Perché ce l'ha con me, commissario Romeo?

Niente pistola, chiusa nel cassetto della mia scrivania. Il panico che mi blocca e riesco soltanto a infilare l'indice nell'anello del portachiavi, come un tirapugni. L'ingegnere fa un passo avanti, illuminato per un attimo dal lampione che non si decide a fulminarsi. È vestito come l'altro giorno, giacca e cravatta, completo blu e camicia a righe azzurrine.

– Il suo è un accanimento che non comprendo. Perché vuole incastrarmi? Le ho fatto qualcosa? Vuole qualcosa da me?

Non capisco. Ho paura. La voce mi esce in un soffio.

– Le ha uccise lei. Tutte. Non può negarlo, questo... è stato lei.

– No... – L'ingegnere scuote la testa. – No, no...

– Ho le prove, un sacco di indizi, un testimone oculare... non può negare, non con me...

Continua a scuotere la testa, ostinato. Fa un altro passo avanti, sotto l'ultimo bagliore giallastro del lampione.

– Non ha capito... non ho nessuna intenzione di negarlo. Ho detto «no» per dire «no che non lo nego». Sono stato io, è ovvio... cioè, è ovvio per me e per lei, naturalmente.

Una contrazione alla mia spalla ci fa sobbalzare tutti e due, io per lo scatto e lui, forse, per la paura che gli voglia saltare addosso. Invece sono cosí sorpreso che non potrei fare nulla se non fissarlo, senza quasi riuscire a pensare. Mi sembra quasi che la sua voce mi arrivi attutita, dopo aver rimbalzato a lungo sul fondo delle orecchie.

– Ecco, commissario, quello che io non capisco un attimino è il suo accanimento nei confronti dei miei casi e della mia persona. Vede, prima di iniziare la mia piccola attività ho fatto, diciamo cosí, una accurata indagine di marketing che mi ha permesso di individuare una nicchia di mercato assolutamente sicura. Lei si sarà certamente accorto che io tratto esclusivamente giovani tossicodipendenti che si prostituiscono in forma occasionale: un soggetto sociale che, mi consenta, riveste scarsissimo interesse per tutti. Non è d'accordo?

Non parlo. Non ci riesco. Cerco di pensare a come posso sfruttare questa confessione ma non riesco a fare nemmeno quello. Stringo il portachiavi.

– Credo che lei avrà certamente notato, per

esempio, come io abbia evitato accuratamente ogni contatto con prostitute professioniste, italiane o estere, che a parte un certo rapporto di reciproca sorveglianza avrebbero potuto comportare il coinvolgimento di qualche racket. No, signor commissario, il mio è un target ben preciso e che risponde perfettamente allo scopo col minimo investimento di tempo, impegno mentale e sforzo fisico.

– Perché?

– Perché cosa?

– Perché le uccide... perché?

Si stringe nelle spalle, con un sorriso quasi timido.

– Perché mi fa star meglio. Perché dopo mi sento meglio... dopo. È un modo di eliminare lo stress e in un lavoro da dirigente, lo saprà certamente anche lei, se ne accumula parecchio. Lei non ha mai avuto voglia di uccidere qualcuno? Dica la verità, ha mai desiderato, in un momento qualunque della sua giornata, di ammazzare qualcuno? Ecco, io lo faccio.

Un secondo di esitazione, lo sguardo teso che si sposta sulla strada perché sta passando un altro motorino. Di nuovo il sorriso. È passato.

– No, commissario Romeo, la domanda non è «perché» ma «perché no». Per un problema morale? La morale cambia, signor commissario, nuovi valori, nuova costituzione, nuova repubblica, nuovi obbiettivi... Fare e non parlare e io mando avanti un'azienda che è un vanto per tutta l'Italia. Perché corro il rischio di finire in prigione, allora? Sciocchezze... dal 1987 fino a oggi ne ho uccise ventitre e non mi ha ancora preso nessuno. Io sono qua e lei è là. Io mando avanti un'azienda leader con grande efficienza e lei accumula nevrosi su nevrosi. Io vinco e lei perde. Sinceramente, credo che il mio metodo sia un attimino migliore del suo, dal punto di vista produttivo.

Silenzio. Tutti e due senza parlare. Io che guardo lui senza vederlo e lui che guarda il vuoto, pensoso, e ogni tanto sorride come se ricordasse qualcosa di buffo. Non so se l'ansimare roco che sento sia mio o suo. Credo mio.

– Sa, commissario... – dice all'improvviso, – noi due siamo molto simili...

– No, – mormoro.

– Oh sí, invece. Intanto a tutti e due piace Miles Davis...

Paura. La testa mi scatta da sola verso la porta chiusa alle mie spalle. Laura.

– Eh no, un momento... allora non ha capito. Ho cercato fino a ora di spiegarle che non sono un animale... La sua signora sta benissimo. Ho visto i dischi quando mi ha aperto la porta, perché ero salito per parlarle, poi, dato che non c'era, ho preferito aspettarla qui di sotto. *Ascensore per il patibolo*, meraviglioso... e *Generique*, splendida.

Accenna qualche nota, fischiando con gli occhi chiusi, dice: – La saluto, commissario, mi stia bene, – e mi gira le spalle. Fa solo un passo poi si volta, con un dito teso appoggiato sulle labbra e un'espressione perplessa.

– Ecco... – mormora, – l'unica cosa che non so è perché le mordo. Tra l'altro, trattandosi di soggetti a rischio è anche un attimino poco igienico, ma proprio... non so cosa dire... mah.

Mi fa ciao con la mano, di spalle, e si allontana, lasciandomi la paura quasi fisica che ricominci a fischiare proprio quel brano. Il mio. Scompare nel buio della strada, oltre i lampioni. Resto immobile a guardarlo e solo dopo un pezzo tolgo la mano dalla tasca e mi accorgo che l'anello del portachiavi mi ha tagliato le dita e ho tutto il palmo insanguinato.

La voce del professore al telefono dopo almeno un minuto di squilli. Roca, bassa, ancora incrostata di sonno.

– Chi è?

– Pronto, professore? Sono il commissario Romeo...

– Commissario... oh, sí. Dico, Romeo, ma lo sa che ore sono? Saranno almeno...

– Il senso di colpa del mostro, professore. Il Lupo mannaro, si ricorda?

– Mmmm... sí che mi ricordo. Allora? Mi sveglia nel cuore della notte per dirmi che l'ha trovato, Romeo?

– No, no che non l'ho trovato, professore. La sveglio nel cuore della notte per dirle che non lo troveremo mai. Perché quel cazzo di senso di colpa, il Lupo mannaro, non ce l'ha... non ce l'ha proprio.

*– Cos'hai da ridere?*

*– Perché, sto ridendo? Non me ne ero accorto...*

*– Ridi... sorridi sotto i baffi, anche se non ce li hai. È qualcosa alla tivú? Fammi vedere...*

*Veronica si sedette sul bracciolo della poltrona, gli appoggiò un gomito su una spalla per restare in equilibrio e inclinò leggermente la testa all'indietro, come faceva sempre per guardare qualcosa che la incuriosiva. Sullo schermo le ragazze di* Non è la Rai *ballavano saltando sul bordo di una piscina, mentre Ambra squittiva nel microfono una risata nevrotica, a singhiozzo.*

*– Non ti sembra di essere un po' vecchio per guardare le ragazzine?*

*Lui piegò la testa di lato, appoggiandole le labbra sul braccio in un bacio leggero, a fior di pelle, che sapeva dell'aroma dolce del suo profumo.*

*– Siamo tra gli sponsor del programma e voglio vedere la promozione, che mi sembra un attimino fuori target... Che fai, esci?*

*– Li porti tu i bambini a scuola, domani? Ho l'appuntamento dall'estetista ma prima dovrei passare da Marta per un caffè e non volevo fare le corse...*

*– Cosa ci vai a fare dall'estetista? Sei bellissima cosí...*

*– Dio, come sono fortunata... ho sposato un uo-*

*mo che dopo undici anni mi fa ancora i complimenti.*

*Veronica allungò un braccio e gli accarezzò i capelli corti, sotto la nuca. Lui sentí di nuovo l'aroma del suo profumo, appena un velo, un'ombra leggera ma intensa.*

*– Che fai, – ripeté, – esci?*

*– Allora siamo d'accordo per i bambini, domani? Eleonora non deve fare tardi perché ha il compito in classe e stai attento a Luigino, perché la febbre gli è passata ma è ancora un po' debole... bacio.*

*Gli porse le labbra, premendo col gomito sulla sua spalla per avvicinarsi e voltò la testa appena lui le sfiorò la bocca, alzandosi con uno scatto agile, da settimane di aerobica.*

*– Prendo la Volvo, – disse rapida, aggiustandosi la gonna sulle gambe con un ronzio leggero di stoffa stretch sul nylon delle calze scure.*

*Lui la guardò uscire dalla stanza, poi tornò a fissare la televisione.*

*Sullo schermo, in un primo piano strettissimo che riempiva tutto il quadro, c'era il volto di una ragazzina bionda, il naso cosparso di minuscole efelidi chiare, le dita intrecciate tra i capelli e lo sguardo sognante, rivolto a un punto lontano.*

*Lui sorrise, sotto i baffi.*

Da come mi guardano nell'auto vicina, fermo a un semaforo rosso, mi accorgo che sto parlando da solo. Schiocco le dita, muovendo la testa a tempo come se canticchiassi qualcosa che ascolto alla radio, ma loro mi guardano ancora piú strano e appena viene il verde scatto in mezzo all'incrocio, lungo il viale che porta a casa di Grazia.

Di corsa su per le scale, con un ansimare doloroso da sigarette che mi blocca davanti alla sua porta, la bocca aperta ad aspirare aria e una mano sulla milza. Il dito sul campanello, sotto «Negro G.» scritto a mano sulla targhetta di plastica, lancia un *dlin-dlon* acuto, con un birignao caramelloso che resta a lungo nel silenzio del pianerottolo. Non viene nessuno ad aprire.

E se non è in casa? Non mi ricordo di avere telefonato. Non mi ricordo che ore sono. Che giorno è?

– Dottore... cosa... come mai qui?

Grazia è in pigiama, un pigiama largo da uomo, di quelli con i bottoni. Le palpebre gonfie, i capelli arruffati e schiacciati dietro la testa, la piega del cuscino che le ha scavato un solco netto lungo la guancia, mi fanno capire che stava dormendo. È notte? Guardo l'orologio: no, sono le cinque del pomeriggio.

Grazia chiude gli occhi e ondeggia leggermente, una mano puntata allo stipite della porta e un piede nudo sollevato, appoggiato al ginocchio, sulla stoffa sgualcita del calzoni. Mormora: – Mmm... venga dentro, dottore, che mi fa prendere freddo –. Poi: – Scusi il disordine, – chiudendomi la porta alle spalle.

Entro e un'ondata calda di sonno mi investe all'improvviso, morbida, assieme a un odore avvolgente, familiare e piacevole di lenzuola schiacciate, di sudore tiepido nella penombra sfumata e di aria ferma, immobile e dolcemente pesante, tra le persiane chiuse. C'è un divano letto al centro del monolocale in cui vive l'assistente Negro e devo fare uno sforzo per non lasciarmi cadere sull'impronta che il suo corpo ha lasciato sul lenzuolo e che immagino accogliente come un nido.

Grazia mi gira attorno, spinge con un calcio un paio di calzettoni bianchi sotto il letto, infila un paio di ciabatte di panno agganciandole con l'alluce per rovesciarle e toglie un paio di jeans dallo schienale di una sedia, afferrando al volo le mutandine appallottolate che ne scivolano fuori.

– Scusi il disordine... – ripete, imbarazzata, chiudendo l'ultimo bottone della giacca del pigiama che le rimane comunque larga attorno al collo, sotto le clavicole rotonde.

– No, sono io che devo scusarmi, non pensavo che a quest'ora... hai fatto il turno, ieri notte? Mi pareva che...

Grazia scuote la testa, con un altro «Mmmm» assonnato, tutto di naso.

– No, no... è che oggi è domenica, non avevo niente da fare e quando non ho niente da fare vado a letto. Sa, mi piace dormire...

Solleva le spalle e si stringe tra le braccia, abbracciandosi da sola con un sospiro morbido. Il desiderio struggente di dormire sotto le coperte con lei, di addormentarmi stretto a quel corpo caldo e scivolare nel sonno circondato dalle sua braccia morbide, mi piega le ginocchia. Mi ritrovo a sedere sulla sedia, senza forze.

– Apro la finestra...

– No...

– Meglio cosí, se non le dà fastidio. Mi viene mal di testa quando vedo la luce diretta appena sveglia. Deve dirmi qualcosa?

Sí, ma non la ricordo. La sensazione che ogni pezzetto del mio cervello si stia separando, lentamente, come dopo un'esplosione silenziosa.

– Si sente bene, dottore?

– No...

– Vuole qualcosa da bere? Non ho un granché in casa, però...

– No...

Grazia mi guarda, serra le labbra con un'espressione infantile che potrebbe essere seccata, spaventata o solamente dubbiosa e mi guarda. Seduta sul bordo del letto, la schiena dritta, le mani sulle ginocchia, il collo rigido, mi guarda. Il pigiama che le scende largo sulle spalle, le maniche arrotolate sulle braccia e il risvolto dei calzoni che le è salito fino quasi alle ginocchia.

Gli occhi spalancati nella penombra, le ciglia scure che sbattono veloci, ogni tanto.

Mi guarda.

– Mi fai venire lí con te? – chiedo.

– Sí...

Mi avvicino, le metto le mani sulle spalle e la spingo indietro, sul letto. Per un attimo, Grazia si irrigidisce, puntando i gomiti sul materasso e la sua resistenza mi fa esitare, allungato su di lei, ridicolo in quella posizione inclinata e oscillante. Ma è solo un attimo, perché allarga le braccia, scivolando all'indietro e mi avvolge col fruscio tiepido del suo pigiama, trascinandomi giú con lei. Sento la pelle liscia del suo collo sotto le mie labbra, la bocca socchiusa e umida e la lingua che incontra la mia. Il suo ginocchio che sale sulla mia gamba e le dita che si insinuano tra i miei capelli, sulla nuca, mi sfilano la camicia dai calzoni e la sollevano. Il solletico che mi torce la schiena quando mi tocca sui fianchi. Le mani che guidano le mie a stringerle il seno, sotto la giacca del pigiama. Oscilla il bacino, si divincola e scalcia per liberarsi dei calzoni mentre io armeggio, impacciato e sbilanciato, con la fibbia della mia cintura.

Quando la sento aderire a me, umida e bollente, mi prende per un momento il terrore di essere troppo stanco, troppo distratto, troppo stressato... poi lei inarca la schiena, solleva le gambe stringendomi le ginocchia nude attorno ai fianchi e mi spinge dentro.

Vengo quasi subito, con uno spasmo che mi fa gemere e dopo è come se rimanessi a galleggiare a mezz'aria, nel vuoto, leggero, immobile e perfettamente cosciente.

– Romeo? Dormi?

Grazia si volta sulla schiena, alza una gamba e mi tocca sulla coscia con la punta di un piede. Scuoto la testa, facendo scricchiolare le nocche delle dita che tengo aperte sotto la nuca. È quasi buio.

– Devo essermi addormentata di nuovo, – mormora. Si stira, allunga un braccio su di me e con la mano mi gira attorno al mento, per accarezzarmi sotto l'orecchio. – Certe domeniche mi alzo a metà pomeriggio, salto pure l'ora del pranzo perché non mi sveglio proprio.

– Beata te... io non dormo mai.

– E adesso, che facevi lí sveglio? Guardavi il soffitto o guardavi me?

– Pensavo.

– E a che pensavi? A me?

Mento. Non so perché. Mi devo chiarire.

– Certo. Ma ho pensato anche a quello che ero venuto a dirti. Me lo sono ricordato.

Grazia si solleva sul gomito, girando le spalle verso di me. La giacca del pigiama si apre, scopre l'ombra dei capezzoli scuri sui suoi seni rotondi. Sorride, accorgendosi che la guardo.

– È stata una cosa che mi ha detto l'ingegnere, ieri notte...

– Ieri notte? Hai visto l'ingegnere?

– Sí, mi ha aspettato sotto casa per parlarmi.

– Gesú... e che ti ha detto?

– Che è stato lui... che le ha ammazzate tutte e che ci si è anche divertito. E che non lo prenderemo mai. E tutto questo da solo, praticamente di nascosto e senza testimoni.

Il volto di Grazia è al buio, ma nella sagoma del suo viso vedo il bianco degli occhi che scompare, dietro un rapido battito di ciglia.

– Se ero al tuo posto gli sparavo, – dice.

– Ero senza pistola.

– Allora l'avrei strozzato con le mie mani.

Sento le sue dita sotto il mento, che mi prendono il collo, senza stringere, poi si sciolgono in una carezza. Ride, giocando con il mio volto ispido ma smette subito appena una contrazione, la prima in quella domenica, mi fa scattare il braccio. Scivola su di me, stringendomi, e mi appoggia la testa sul petto. Mi sembra cosí diversa, adesso. Mi rendo conto che anche se lavoriamo insieme da tempo non so praticamente nulla dell'assistente Grazia Negro. Non so neppure quanti anni ha.

– Senti, Grazia... quanti anni hai?

– Ventidue, – risponde di slancio, poi alza la testa, appoggiandomi il mento sullo sterno, e mi guarda, immaginando che sto facendo il conto della differenza. Quindici. Comincia a pesarmi e sento male dove si appoggia.

Non so.

Mi devo chiarire.

– Dimmi la cosa che ti sei ricordato, – taglia corto.

– No, è un dubbio che mi rode da ieri notte... L'ingegnere mi ha detto che dal 1987 fino a oggi ha ucciso ventitre ragazze. Ventitre con Spazzali Monica. Però non mi sembra che fosse quella la data del primo ritrovamento...

– 1989. Loris ha detto che la prima tossica è stata trovata nel 1989.

– Allora c'è qualcosa che non quadra...

– Non potevi andare in ufficio a controllare?

Mi fa proprio male, soprattutto quando muove la mandibola, su e giú, parlando.

– Sí, certo, ho le chiavi...

– Però sei venuto qui da me. Vedi, io non credo che sia un caso. Magari inconsciamente, però ci sei venuto da me. Ci ho pensato fin dal primo giorno che sono entrata alla Mobile, quando ti ho visto per la prima volta. Gesú, non sai quanto l'ho aspettato questo momento...

Le prendo il volto con le mani per alzarle la testa perché, davvero, mi fa proprio male e lei schiaccia le mie dita sulle sue guance, baciandomi sul petto. Scivola su di me fino ad arrivare all'altezza delle mie labbra ma invece di baciarmi affonda la testa nel cuscino, accanto al mio orecchio.

– Io ti amo, – mi sussurra. – E tu?

Mi bacia sull'orecchio, con uno schiocco sottile che mi strappa una smorfia.

– E tu? – sussurra ancora.

Io l'abbraccio, stringendola. Guardo il soffitto, senza dire niente.

*– Sono cinquanta di bocca e di figa e centocinquanta in albergo, camera esclusa.*

*– Ecco, se mi consenti, dubito che in questo stato ti accetterebbero in un albergo...*

*– Allora vaffanculo e cercatene un'altra.*

*– No, no, per carità... tu vai benissimo. Sei proprio, diciamo cosí, il mio target... vanno bene le cinquanta. Conosci un posto appartato, magari un po' fuori?*

L'idea: se la prima vittima del Lupo è del 1987 e nel 1987 non sono state uccise prostitute tossicodipendenti, allora la prima vittima non era una prostituta tossicodipendente. Il professore, al telefono, conferma: sí, può essere stata la causa scatenante che poi si è parzialmente perfezionata nel *modus operandi*.

Grazia che entra in ufficio, si chiude la porta alle spalle, mi salta al collo e mi bacia sulle labbra.

– Mi sa che se ne sono accorti tutti, – scherza, sedendosi sul bordo della scrivania, le ginocchia appoggiate al bracciolo della mia poltrona, la mano che mi accarezza la guancia. Gli occhi languidi, fissi nei miei. Salta giú di scatto, arrossendo, quando il piantone bussa alla porta.

– Fonogramma dalla Criminalpol, dottore.

L'elenco degli omicidi volontari non risolti avvenuti in regione nel 1987. Diciotto. Undici sono donne. E se l'ha uccisa fuori regione? Speriamo di no.

Grazia mi abbraccia, da dietro, appoggiando il mento sulla mia spalla, e legge i nomi a mezza voce. Non fa in tempo ad alzarsi quando il piantone bussa di nuovo, entrando subito.

– Dimenticavo i giornali, dottore. Mi scusi...

Grazia, appena è uscito: – Adesso sí che se ne sono accorti tutti...

Un'ora per un controllo telefonico presso le questure di competenza.

Alla fine, tre nomi: Cattani Carla, Pasini Monica e De Cataldo Piera. Tutte sui ventuno-ventidue anni. Via la Cattani, alta uno e novantuno, ottanta chili, pivot in una squadra di pallacanestro di Parma.

Non corrisponde il fisico.

Il professore, al telefono, conferma: troppo diversa.

Pasini Monica: violentata e uccisa a Bologna il 21 gennaio 1987, in un garage del Pilastro, mentre tornava a casa dopo una lezione di *commercial english*. La violenza, però, non quadra. Sarebbe la prima e l'ultima volta.

Il professore, al telefono, conferma: sí, non quadra, però non mi chiami piú, per favore... si scriva tutto quanto e mi telefoni stasera, con calma.

Due contrazioni nervose e Grazia mi prende il volto tra le mani, preoccupata.

– Quando ci devi andare dal dottore? Le hai fatte le analisi? Non era questa mattina?

– No, oggi pomeriggio. E le faccio lí, le analisi.

Terzo nome: De Cataldo Piera. Studentessa universitaria. Scomparsa nel maggio 1987. La borsetta sporca di sangue in un cassonetto a Modena. Svanita nel nulla mentre faceva un sondaggio porta a porta sul progetto di una nuova linea Atc. Ultima segnalazione: via Campitelli 29.

Un brivido.

Dove sta l'ingegnere?

Via Campitelli 31, la casa accanto.

Tombola.

Sono quasi alla porta con Grazia quando squilla il telefono. Gli urli del questore devono sentirsi fino all'autoparco.

– Si può sapere chi ha avuto questa bella pensata? Eh, Romeo? Guardi il giornale di oggi perché adesso vengo giú e voglio sapere a chi è venuta in mente una coglionata del genere!

Il giornale di oggi.

Titolo: *Lupo mannaro*.

Sotto, piú in piccolo: *Un serial killer sulla via Emilia?*

Tutte le indiscrezioni sul caso in un articolo pieno di punti interrogativi a firma Carlo Lucarelli. Pochi elementi concreti, pochi dati e poca sostanza, ma ormai il guaio è fatto.

Un comunicato lampo della Procura che smentisce tutto. Un'intervista col presidente della Regione che parla di provocatorie e screditanti illazioni con ambigue finalità politiche. Uno specchietto del giornale con l'aumento in percentuale degli omicidi negli ultimi anni.

Contrazioni nervose a raffica, che cerco di nascondere mettendomi le mani in tasca.

Le scuse di Loris: – E chi cazzo lo immaginava che era un giornalista, quello lí... me lo hanno presentato a una festa, come criminologo, e siccome non capiva una sega, allora io...

Alle dieci arriva un fax dell'avvocato Foglia indirizzato alla Procura e p.c. a questore e dirigente Mobile che «qualunque, ripetesi, qualunque informazione fornita alla stampa in discredito dell'immagine e della posizione del nostro cliente...» e subito dopo uno del sostituto procuratore Lanzarini al questore e p.c a vicedirigente Mobile che «qualunque, ripetesi, qualunque informazione fornita alla stampa in violazione del segreto istruttorio...»

Mentre Grazia tiene gli occhi bassi e sembra debba scoppiare a piangere da un momento all'altro, il questore batte il pugno sulla mia scrivania, e intanto mi ringhia sulla faccia: – Se sento questa cazzata del lupo mannaro ancora una volta, una volta soltanto...

*Aveva sangue dappertutto, sul mento, tra i capelli, dentro il naso, perfino nelle orecchie.*

*L'aveva uccisa a morsi.*

*Allora piegò indietro la testa, chiuse gli occhi e gonfiando la gola cercò di ululare, ma non ci riuscí.*

*Gli scappava da ridere.*

Sto stringendo il volante cosí forte che le nocche mi sono diventate completamente bianche. È Grazia che me lo fa notare, involontariamente, quando mi sfiora la mano con la sua. La sento che mi guarda, sento i suoi occhi che mi scrutano, oltre il mio angolo visuale, fisso sul parabrezza appannato. Il 31 di via Campitelli, con i suoi tre gradini e il portone chiuso, illuminato dal citofono, appare e scompare sotto le ondate di pioggia spazzate dai tergicristalli.

– Vedrai che lo prenderemo, – dice Grazia. La rabbia mi accende i nervi, mentre contraggo le mascelle con uno scrocchio secco.

– E come? – ringhio. – Niente intercettazioni telefoniche, niente perquisizioni, niente sorveglianza, niente pedinamenti e se si accorge che siamo qui è anche facile che ci denuncia lui.

La mano di Grazia che sfiora la mia, le sue dita piccole e scure, dalle unghie corte, che scivolano sul mio dorso pallido, segnato da una striscia di peli radi.

– Io un'idea ce l'ho, – mormora. – Cioè... se lui cerca le tossiche sui vent'anni, ecco... io ce li ho vent'anni e se mi tiro da tossica...

Mi volto a guardarla e lei si schiarisce la voce, decisa.

– Cioè, se mi sistemo con i turni potrei passare un paio d'ore sul marciapiede, ogni sera, e visto che lui non mi conosce...

– E secondo te, se quello vede all'improvviso una che batte sotto casa sua non si insospettisce e non pensa a una trappola?

– Ci ho pensato, infatti, e mi è venuto in mente questo... via Campitelli è a senso unico e in fondo devi per forza voltare a destra se no vai nell'isola pedonale e se volti a destra passi dietro il parco della stazione e lí le battone ci sono... sono nigeriane, certo, ma se ci facciamo un paio di notti in fila a rompergli le scatole con i controlli, quelle cambiano zona e lí mi ci metto io e allora...

– No, no, no, no... – Scuoto la testa e intanto penso che chissà, a forza di passarle davanti, prima o poi l'ingegnere... – È assurdo, non funzionerebbe ed è anche pericoloso...

Grazia sorride, piegando appena di lato un angolo della bocca, e mi lancia uno sguardo duro, quasi cattivo.

– Pericoloso per lui... – mormora. Mi abbraccia. Mi stringe e mi fa male al collo. – Sei carino a preoccuparti per me...

Io ho un'altra idea.

Il professore, ieri sera, di nuovo sotto i mostri di pietra della torre a bere vino rosso: – E dove è finita la studentessa? Perché almeno con quella deve aver avuto il problema dell'occultamento del corpo che, se ricorda, è il secondo punto debole dell'assassino seriale. Se il senso di colpa non si trova, cambi tattica e cerchi il corpo, commissario, trovi dove ha messo la studentessa...

Lascio il volante perché non mi sento piú le mani. Milioni di formiche iniziano a corrermi lungo le braccia, dentro i polsi, su per le dita...

– Dormi da me, questa sera?

– Sí, no... meglio di no, meglio che dorma a casa mia...

– Perché? Hai paura dei pettegolezzi? E poi come fai a dire che è casa tua se la dividi con un'estranea?

– No, non so... non farei dormire neanche te...

– È quello che voglio... voglio che mi tieni sveglia per un po', un bel po', dopo ci penso io a farti dormire...

Ride. Io no. Fisso il parabrezza con il cuore che mi batte, lo stomaco stretto in una morsa d'ansia. Il pensiero del corpo caldo di Grazia attorno al mio mi fa provare desiderio e imbarazzo al tempo stesso. Perché? Devo chiarirmi.

Il professore, la sera prima: – Lo vuole un consiglio? Un consiglio vero? Lasci perdere tutto e si dedichi alla sua bambina. Questa indagine, questa sua ossessione, può diventare pericolosa e va fermata.

– È il mostro che va fermato perché è pericoloso.

– Sí, ma lei non lo fa per questo. Non sono la giustizia o la sicurezza pubblica che la spingono ma la certezza che non riuscirà mai a prenderlo e cosí potrà consumare il resto della sua esistenza senza assumersi ulteriori responsabilità.

– Lei capisce sempre un po' piú degli altri, vero? Cos'è, sono sotto analisi anch'io?

– No. Io mi occupo di assassini seriali. Cominci ad ammazzare qualcuno e mi occuperò anche di lei.

– Romeo...

Fisso il parabrezza da tanto tempo che ormai la scena è diventata immobile come un quadro. Invece il portone si è aperto e l'ingegnere, impermeabile beige, berrettino a coppola in tinta e ombrello automatico, è sui gradini a guardare seccato il cielo, la cartella stretta contro il petto perché non si bagni. Ha la Mercedes parcheggiata proprio davanti a casa e io metto in moto mentre lui entra in macchina. Lo seguo a distanza, cercando di non perdere di vista i fanalini rossi che brillano a ogni stop tra le gocce sul parabrezza. Grazia si tira sulla mano una manica del bomber e mi spazza il vetro appannato, poi si divincola per togliersi il giubbotto, si sfila la fondina della pistola, se la mette tra le cosce e la copre con quello.

– Gesú, – sussurra, – se ne caricasse una proprio ora...

La Mercedes volta per la stazione, accelera per attraversare il viale e si infila tra le case. Rallenta di fronte alla ragazza rannicchiata contro il muro, sotto il riparo della grondaia e le sfila davanti a passo d'uomo, senza fermarsi. In fondo alla strada ce n'è un'altra che scompare dentro un portone all'arrivo di un improvviso scroscio di pioggia, violento e fitto come una grandinata.

Si è fermato.

Intravedo la luce rossa degli stop oltre la cortina d'acqua scura. Mi piego sul volante, spingo il naso a un palmo dal parabrezza ma non riesco a vedere. Grazia apre il finestrino e mette fuori la testa, per ritirarla dentro bagnata come se avesse appena fatto la doccia.

– L'ha presa? – chiedo. – L'ha caricata?

– Non lo so... non si vede niente! L'auto però è ferma...

Si aggrappa al telaio e si sporge fuori, uscendo quasi per metà dal finestrino, poi rientra sbuffando acqua.

– Non la vedo piú... per me l'ha caricata. Attento, che forse adesso parte...

– Commissario, che sorpresa!

Scatto in avanti e batto una testata contro il parabrezza, un colpo secco che mi riempie gli occhi di lacrime e mi fa male fino alla punta dei denti. L'ingegnere ha infilato la testa dentro il finestrino dalla parte di Grazia e le sorride, col volto vicinissimo al suo.

– Sa che con questa pioggia mi sono perso? E dire che abito qui vicino... Ho chiesto a una signorina come si torna sul viale ma non è in grado di dirmelo, cosí mi sono avvicinato a voi e guarda che sorpresa! Non sarà qui per me, vero?

Non riesco a parlare. Grazia ha il mento affondato nella maglietta e si tiene una mano sulla fronte, per coprirsi il volto. L'altra è scomparsa sotto il bomber.

Passa un tempo infinito.

È l'ingegnere a muoversi per primo.

– Ma forse lei è qui per sfogare alcune esigenze piú che legittime anche in un commissario di polizia e io la sto disturbando. Vedrò di cavarmela da solo, allora, e vedrà che prima o poi ci torno, sul viale. Buonanotte, commissario, mi saluti la sua signora...

Scomparso, dissolto nella pioggia. Tiro su col naso.

– Bastardo... stronzo figlio di puttana bastardo...

Il clic della sicura tra le gambe di Grazia.

– Vedrai che lo prenderemo. Mi ha visto in faccia ma con una parrucca e un paio di occhiali scuri forse non mi riconosce... Stai tranquillo... vedrai che lo prenderemo.

In canottiera nello studio di Bonetti. Apro e chiudo il pugno col laccio emostatico stretto sotto l'ascella. La confezione di plastica della siringa scricchiola sotto le sue dita. Tremo come una foglia.

Lui: – Lo so che detto cosí sembra assurdo, ma il fatto che tu stia cosí male è positivo... davvero. La tua malattia ha un decorso troppo veloce per essere reale. Ci vuole tempo per maturare tutti i sintomi che hai tu e questo mi fa pensare che tachicardia, febbre e scosse muscolari siano di origine psicosomatica. Intendiamoci, da un certo punto di vista non cambia niente. Una nevrosi come la tua può essere altrettanto pericolosa.

Il dolore acuto e sottile dell'ago che entra nella vena. Svengo sempre durante i prelievi. Stringo il bracciolo della sedia, sforzandomi di pensare ad altro. Mi aiuta Bonetti.

– Mi hanno detto che ti vedi con una tipa.

– Sí, cioè, no...

– Sí o no? Ci scopi?

– Cosa c'entra, dài...

– Allora sí. È una cosa seria? Ti farebbe bene...

– Io ho trentasette anni e lei ventidue. Ci sono quindici anni di differenza.

– E allora? Con Laura eravate coetanei ed è andato tutto a puttane. Ti piace?

– Sí... cioè, non so. Mi devo chiarire.

Tutta una giornata al Catasto a vedere la pianta della casa e come si potrebbe portare fuori una ragazzina morta dall'appartamento di un condominio, di domenica mattina, magari mentre una moglie e tre figli stanno per rientrare. E come? Arrotolata in un tappeto del salotto?

Forse piú tardi, quando è notte e in strada non c'è nessuno.

E dove la nasconde? In un armadio? Sotto il letto? L'appartamento è sei stanze e due servizi, ma ci vivono quattro persone. Una moglie. Tre ragazzini che giocano dappertutto. La governante.

Gli appunti del professore: «Jeffrey Dahmer faceva a pezzi i suoi amanti, li metteva nei sacchetti della spazzatura e andava a buttarli nel bidone dicendo che erano cibo per gatti andato a male».

No. L'ingegnere non vive da solo. Schizzi di sangue sul soffitto della cucina, i coltelli insanguinati da pulire, i sacchetti da nascondere. «Caro, cosa ci fa questa testa nel microonde? Papà, c'è una mano in freezer... di chi è?»

Il professore: «John George Haig dissolveva i cadaveri delle sue vittime in un bagno d'acido...»

No. Stesso motivo. «Papà, sbrigati a sciogliere la signorina, che mi scappa la pipí...»

– Sa che è il primo che vedo ridere a leggere una mappa del catasto?

L'impiegata mi guarda e io volto la testa di lato per una contrazione ai muscoli del collo. Rido? Sto ridendo? Rido di cosa?

Il professore, negli appunti: «Bela Kiss, nell'Ungheria del primo Novecento, nascose sette cadaveri in soffitta...»

No. L'unico appartamento del condominio con una soffitta accessibile è l'attico e l'ingegnere sta al terzo piano, esattamente a metà del palazzo. Il che esclude anche l'ultimo appunto: «L'irreprensibile e borghesissimo John Reginald Christie, forse l'assassino seriale piú antipatico dopo il sadico Vacher. Uccise sei donne, abusò sessualmente dei loro cadaveri e le seppellí in cantina».

E l'ingegnere? Come la porta in cantina la studentessa? Con l'ascensore?

Mi viene in mente una vecchia canzone dei Rolling Stones su un giapponese che si mangiò la fidanzata, pezzo per pezzo. Mi scopro ancora a ridere e questo mi fa pensare che comincio a essere stanco. Lo sguardo mi cade su una nota sotto la mappa del palazzo.

«Rinnovo infissi, intonaco e colore in conformità alle norme urbanistiche eccetera eccetera, vedi progetto allegato».

La data: maggio 1987.

Il collo mi scrocchia quando alzo la testa e sollevo gli occhi alle nuvole scure che corrono veloci in un cielo blu cobalto, oltre il bordo grigio della grondaia. L'erba umida del campetto dietro il palazzo mi bagna i calzini, dandomi una sensazione fastidiosa che mi riempie di brividi ogni volta che mi muovo. È mezzogiorno e mezzo, ma il sole non si è ancora visto.

Secondo il progetto, questo lato del palazzo era coperto da un'impalcatura che arrivava fino in cima al muro. Adesso, sulla facciata color carne si aprono una, due, tre, quattro, cinque, sei coppie di finestre giallastre, una per ogni piano. La terza coppia è dell'appartamento dell'ingegnere. Immagino la scena, il castello di assi di legno e tubi Innocenti che si alza attaccato al muro... no, un po' staccato dal muro, almeno lo spazio per intonacare e verniciare e...

Fisso le finestre dell'ingegnere e faccio scendere lo sguardo lungo il muro fino al prato. Immagino un corpo che viene gettato di sotto, coperto dall'impalcatura e che rimbalza sull'erbetta verde. Un tuono, in cielo, appena il mio sguardo tocca terra, ma non sono sicuro di averlo sentito davvero.

Un passo verso il muro, sulla perpendicolare della caduta, ma l'ho già vista. La finestra di una cantina, pari al terreno, chiusa da un portello di metallo color antiruggine. Un altro tuono.

Mi inginocchio nell'erba, con la sensazione di bagnato che mi sale sulle gambe. Allungo la mano e tocco il portello. Freddo lungo il braccio. Sento un rumore oltre il metallo rossiccio, ma forse sto immaginando anche quello.

Spingo.

Il portello si socchiude, gira sui cardini con un gemito e vedo l'ingegnere in pantofole, un morbido maglione di cachemire abbottonato davanti, due bottiglie d'acqua minerale appena prese da una cassa, forse per il pranzo. Incontro il suo sguardo, gli occhi che si stringono, stupiti, poi si allargano, spaventati, appena capisce che ho capito.

Sotto le sue pantofole, da parete a parete per tutto il quadrato minuscolo della cantina, c'è un pavimento di terra battuta.

– Guardalo, il bastardo, guardalo... sembra un animale in gabbia.

L'ho visto affacciarsi alla finestra, l'ingegnere, scostare le tende e sbirciare da dietro i vetri chiusi, socchiudere il portone, uscire sui gradini e fingere di controllare le buchette della posta...

Alle quattro di notte c'era ancora la luce accesa dietro una delle finestre del terzo piano.

– Stamattina non è neanche andato a lavorare e questo deve rodergli un po' al nostro Lupo mannaro, visto che fa tutto per produrre meglio...

Il turno di notte mi gonfia le palpebre, nonostante l'insonnia, i portacenere pieni e il thermos di caffè messo di traverso sul cruscotto. Il Plegine, invece, mi fa sudare freddo. Grazia si è appena seduta sul sedile di fianco al mio e solleva il sedere, scavando con la mano per raccogliere le cartacce dei panini.

– Un po' rode anche a me, perché questa mattina ero di servizio e per darti il cambio ho dovuto dire che stavo male, ma se mi arriva la visita fiscale e io invece sono qui...

– Te l'ho detto che ci stavo io...

– Sí, ventiquattr'ore su ventiquattro per chissà quanti giorni. Poi, scusa, devi lavorare anche tu, no? I dirigenti non ci vanno in ufficio?

– Mi bastano due giorni, due giorni soli. Bastano due giorni senza mandarlo a lavorare e l'ingegnere crolla, te lo dico io. L'ha sepolta in cantina e non esce per paura che io mi ci infili dentro. Cosí sta chiuso in casa e crolla.

– E se non crolla? Se dura una settimana, due, tre? Che fai?

– Prendo le ferie. Mi metto in aspettativa e ci sto anche un anno qui, sotto casa sua.

Ho la gola asciutta. La lingua rigida, che sbatte contro i denti.

– Solo due giorni, – ripeto, spruzzando saliva, – quarantott'ore e crolla. E che mandi l'avvocato dal questore... io non sto tenendo d'occhio lui, io sorveglio quel bar là. Guarda quanti marocchini... sai che giro di droga c'è là dentro?

Grazia mi sfiora la guancia. Mi sento trafiggere il volto da un milione di spilli.

– Vai a letto. Ci sto io a fissare quel portone, stai tranquillo. Se succede qualcosa ti telefono e in dieci minuti sei qui.

– Ora ci vado. Ancora un momento e ci vado...

A casa, avanti e indietro per il salotto. Tiro un calcio a una scarpa di Laura, incastrandola sotto un mobile.

A letto, vestito, sulla coperta. Gli occhi che seguono il contorno di un'ombra sul soffitto, sempre piú veloci, come sul disegno stilizzato di un circuito da gran premio.

Il cellulare, sbaglio numero due volte. La voce di Grazia, pronta.

– Sí? Gesú, Romeo... no, non è successo niente, è tutto a posto, stai tranquillo. Dormi, per favore, se no questa notte non ce la fai...

Sulla poltrona, Miles Davis sul piatto. Ho le labbra secche, non riesco a fischiare.

Valium. Di nuovo sul letto, con le braccia incrociate sul petto, immobile. Luce spenta, occhi chiusi. Come da militare: la guardia riposa ma non dorme.

Ho voglia di vomitare.

All'improvviso si accende la luce. Laura, sulla porta, con una scarpa in mano, coperta di polvere e schiacciata sulla punta.

– Stronzo.

Seduto sul bordo del letto, la testa piena di ovatta per un altro Valium preso senza dormire. Il cellulare suona a vuoto. Cristo, Grazia, rispondi... che cazzo succede?

– Sono qui, – ansima, – avevo lasciato il telefonino in macchina...

– In macchina? Perché? Dov'eri?

– C'è stato un po' di movimento, ma niente di...

– Arrivo subito!

– No, non c'è bisogno! Romeo! Resta lí, non c'è bisogno!

Dieci secondi, undici al massimo e sono lí. La Diane azzurra di Grazia è ferma dove l'ho lasciata questa mattina, accanto al cassonetto. Balla sulle sospensioni quando ci salto dentro.

– Ti avevo detto di avvertirmi subito se succedeva qualcosa!

– E io ti avevo detto che non è successo niente! È arrivato un furgoncino, poco fa, e ha portato della roba all'ingegnere...

– Che roba?

– Non lo so, perché ha girato da dietro e quando sono arrivata aveva già scaricato quasi tutto dalla finestra della cantina...

– Grazia!

– E che ti devo dire? Ma non è successo niente, dalla cantina non è uscito nulla, neanche un chiodo! È questo l'importante, no?

– Come fai a dire che dalla cantina non è uscito nulla?

– Perché il camioncino era vuoto e l'ho visto bene, prima che chiudessero il portello. Poi c'erano l'autista e un altro ragazzo e non credo che l'ingegnere avrebbe chiamato un Fiorino con due testimoni per portar via un cadavere.

Sospiro. Chiudo gli occhi ma li riapro subito perché mi bruciano.

In effetti, Grazia ha ragione.

– Che tipo di furgone era? Voglio dire, aveva delle scritte...

– Sí che ce le aveva. Era una ditta di attrezzi da giardino...

– Attrezzi da giardino? E per farne cosa se l'ingegnere non ce l'ha un giardino?

Sto urlando. Grazia mi prende una mano, ma io mi libero con uno strattone.

– Te lo dico io cosa c'era in quel furgone... una pala, una vanga, una zappa, roba cosí! E sai perché?

Grazia annuisce, un dito tra le labbra perché le ho strappato l'anello tirando via la mano.

– Sí, – mormora, – ha perso la testa e vuole tirarla fuori per farla sparire.

– Brava. Adesso sta a noi tenere gli occhi aperti e non farglielo fare.

Grazia sulla Diane, parcheggiata dietro in modo da tenere d'occhio la finestra della cantina.

Si è allontanata di mala voglia: – Preferivo restare con te.

Devo chiarirmi.

Ultima sigaretta, il pacchetto accartocciato che rotola sull'asfalto.

Nell'abitacolo dell'auto l'aria pesante di fumo, di sudore e di chiuso sembra una mano che mi stringe la gola.

L'ingegnere si affaccia un'altra volta al portone, per un momento, col naso sollevato ad annusare l'aria come un topo in trappola. Mi vede, mi guarda e torna dentro.

Ci sei, bastardo.

Stai per crollare.

Chiamo Grazia al cellulare.

– Tutto ok?

– Sí, tutto benissimo. È in cantina e sta facendo qualcosa perché ha socchiuso la finestra. Ma non ha portato fuori niente.

– Bene.

– Vorrei essere lí con te.

Devo chiarirmi.

– Tienilo d'occhio. Ormai è fatta.

Forza, bastardo, crolla. Io sono qui.

Ho dormito. Appoggiato alla portiera con la schiena, la nuca contro la superficie fredda del vetro e le gambe allungate sul sedile di fianco, mi sono addormentato, non so per quanto. Mi sveglio di soprassalto, col cuore che mi batte impazzito e la bocca aperta ad aspirare aria.

Apro gli occhi e non vedo niente. Nebbia scura, velata di nero. È buio.

L'orologio del cruscotto: sono quasi le dieci.

Mi lancio contro il vetro davanti, focalizzo il

portone, i gradini, il citofono. La luce sopra i campanelli riverbera nei miei occhi umidi e slabbra i contorni della mia visuale come un filtro. Ma la vedo, la striscia piú nera tra il legno chiaro del portone e la verticale piú scura del battente. Il portone è socchiuso e lui, il bastardo, è giú dai gradini, sul marciapiede.

Con un sacco di plastica in spalla.

Salto fuori e l'ingegnere si blocca quando sente il rumore della portiera che si apre. Mi guarda con gli occhi spalancati, da animale braccato. Mi lancio attraverso la strada e lo vedo che fa un passo avanti, indeciso, poi uno indietro, sollevando il sacco dalla spalla come se volesse lanciarlo lontano. Gli sfugge un ringhio disperato, stringe il sacchetto tra le braccia e corre verso il portone. Corro anch'io, piegato in avanti, spingendo sull'asfalto per arrivare a intercettarlo e lo prendo sui gradini, lo investo, di peso, schiacciandolo contro il portone che si spalanca.

Voliamo tutti e due nell'androne buio, io sopra, attaccato alla sua giacca, e lui sotto, che scalcia e urla: – Mi lasci! Non può! Mi lasci! – Il sacchetto l'ho sentito strisciare sul pavimento, fino a scomparire nell'oscurità.

Cerca di mordermi la mano. Mi colpisce col tacco della scarpa all'angolo della bocca e sento tra le labbra il sapore dolciastro del sangue. Porte che si aprono sulle scale. Qualcuno accende la luce e nel ronzio luminoso del relè vedo il sacchetto nero in fondo al corridoio, quasi davanti alla porta che va alla cantina.

Mi attacco alla giacca dell'ingegnere, mi spingo in avanti su di lui e gli tiro una testata in piena faccia, poi lo scavalco e mi getto sul sacco.

Qualcosa di morbido tra le mie mani, qualcosa di lungo e secco, qualcosa di rotondo.

L'ingegnere mi spinge e cerca di strapparmi il sacchetto dalle mani, ma io lo sbatto contro il muro, schiacciandolo con un gesto circolare del braccio.

– I carabinieri! – urla alla tromba delle scale. – Chiamate i carabinieri! Aiuto!

Strappo la plastica nera con le unghie, ringhiando. Sacchi di carta, stecche di legno, una paletta e terra, tanta terra, che si rovescia sul pavimento dell'androne. Lui mi guarda, sbigottito, il sangue incrostato sotto il naso, le labbra che gli tremano. Grazia si fa largo tra la gente in vestaglia che è scesa dalle scale, sposta di lato l'ingegnere, tenendolo per un braccio.

– È ancora là, – le grido, – l'ha tirata fuori ma è ancora là!

Mi getto sulla porta della cantina, ma è chiusa da un lucchetto. L'ingegnere mi è addosso, le mani sulla mia spalla.

– Non può! – grida. – Senza un mandato non può! Questa è casa mia!

Lo spingo indietro e afferro il lucchetto, scuotendolo. Poi mi volto, vedo Grazia e con uno scatto le infilo la mano nel bomber aperto, tagliandomi con i dentini della lampo. Sfilo la pistola e prima che lei riesca a fermarmi sparo mezzo caricatore sul lucchetto.

Un rumore assordante.

Urla.

La sirena dei carabinieri che arriva.

Spalanco la porta della cantina con un calcio ed è come se una mano fredda, all'improvviso, mi strappasse le viscere.

Il pavimento di terra battuta della cantina non c'è piú. Al suo posto, granulosa, ondulata, irregolare, c'è una impenetrabile colata di cemento, ancora umido.

Mi volto e incontro gli occhi dell'ingegnere. Ansima anche lui e per un attimo gli sfugge un sorriso di trionfo, ma è solo un accenno che gli si blocca sulle labbra appena capisce che sto pensando alla pistola che tengo in mano, lungo la gamba. Non faccio in tempo ad alzarla oltre il fianco. Grazia scatta davanti ai carabinieri che stanno riempiendo il corridoio, urla: – No, Romeo, no! – e mi spinge.

Cado nella cantina proprio mentre il relè spegne la luce, lasciandomi nel buio piú totale, immerso nell'odore acquoso e forte del cemento.

Allora urlo, come non ho mai fatto in vita mia.

Sospeso dal servizio.
Incriminato.
Prepensionato.
Ricoverato.

Passo quasi tutta la giornata a guardare il cielo fuori dalla mia finestra, fischiando *Generique*. Ho fissato il brano col *repeat*, cosí posso sentirlo all'infinito e lo lascio andare tutto il giorno, anche la notte, finché qualcuno non viene a spegnermelo. Perché adesso dormo. Imbottito di Valium, ma dormo.

Grazia viene a trovarmi appena finisce il turno e appoggia la guancia sulla mano che tengo ferma sul bracciolo della mia poltrona. Devo chiarirmi. A volte la sento che singhiozza. Tossisce per nasconderlo, ma sento le sue lacrime che mi bagnano la mano, le scivolano sulla guancia.

Devo chiarirmi.

All'ingegnere non penso piú. Solo ogni tanto. Chiudo gli occhi e stringo le mani sui braccioli. Solo ogni tanto. Passo il resto della giornata a guardare fuori, fischiando *Generique*.

Qui ci sto bene.

Fischio *Generique*.

*Lei accavallò le gambe, allargando le maglie delle calze a rete, sul ginocchio, e lui sorrise. Le sfiorò la coscia, passando in terza, e sentí sotto le nocche il contatto liscio e freddo della sua pelle nuda.*

*– Non ci siamo già visti da qualche parte? – chiese lui.*

*– Può darsi, – disse lei. – Io batto vicino alla stazione e se lei abita lí vicino...*

*– Sí. La mia strada è a senso unico, devo voltare a destra per uscire e sono praticamente obbligato a passarti davanti.*

*Cambiò in quarta. Di nuovo il contatto liscio e freddo con la pelle attraverso le maglie ruvide. Girò la mano e gliela aprí sul ginocchio.*

*– Se mi consenti, quel colore di capelli cosí rosso ti sta un attimino non troppo bene, ecco. Sembra una parrucca.*

*Lei voltò la testa e lo guardò da dietro le lenti scure degli occhiali. Lui fissava la strada, impassibile e tranquillo.*

*– Piace ai clienti, – disse lei. Gli lanciò un'altra occhiata, rapida, di lato, ma lui stava sempre guardando la strada. Non riuscí a evitare un guizzo contratto dei muscoli della coscia quando lui spostò la mano piú in alto.*

*– Siamo arrivati, – disse lui, imboccando la stra-*

*dina di campagna e fermandosi al bordo del campo. Fece scivolare la mano di lato, stringendo le dita attorno al coccio di bottiglia che teneva sul pavimento, tra il sedile e lo sportello.*

*– È un bel posto appartato, – disse lei, infilando la mano nella borsetta che teneva a tracolla sul fianco e spingendola giú, fino alle guancette zigrinate della pistola. – Devo ricordarmelo.*

*Lui annuí. Poi insieme voltarono la testa, pronti a scattare, e si sorrisero.*

*Stampato per conto della Casa editrice Einaudi*
*presso Mondadori Printing S.p.A., Stabilimento N.S.M., Cles (Trento)*
*nel mese di maggio 2001*

C.L. 15796

| Edizione | | | | | | | | Anno | | | |
|---|---|---|---|---|---|---|---|---|---|---|---|
| 1 | 2 | 3 | 4 | 5 | 6 | 7 | 8 | 2001 | 2002 | 2003 | 2004 |